사쿤의 인간관찰기

# 사쿤의 인간 관찰기

| | | | | |
|---|---|---|---|---|
| 발행일 | 2016년 8월 12일 | | | |

| | | | | |
|---|---|---|---|---|
| 지은이 | 쿤 | | | |
| 펴낸이 | 손 형 국 | | | |
| 펴낸곳 | (주)북랩 | | | |
| 편집인 | 선일영 | 편집 | 김향인, 권유선, 김예지, 김송이 |
| 디자인 | 이현수, 신혜림, 윤미리내 | 제작 | 박기성, 황동현, 구성우 |
| 마케팅 | 김회란, 박진관, 오선아 | | |
| 출판등록 | 2004. 12. 1(제2012-000051호) | | |
| 주소 | 서울시 금천구 가산디지털 1로 168, 우림라이온스밸리 B동 B113, 114호 | | |
| 홈페이지 | www.book.co.kr | | |
| 전화번호 | (02)2026-5777 | 팩스 | (02)2026-5747 |

| | | | |
|---|---|---|---|
| ISBN | 979-11-5987-153-5 03810(종이책) | 979-11-5987-154-2 05810(전자책) |

이 도서의 국립중앙도서관 출판예정도서목록(CIP)은 서지정보유통지원시스템 홈페이지(http://seoji.nl.go.kr)와
국가자료공동목록시스템(http://www.nl.go.kr/kolisnet)에서 이용하실 수 있습니다.
(CIP제어번호 : CIP2016019036)

성공한 사람들은 예외없이 기개가 남다르다고 합니다.
어려움에도 꺾이지 않았던 당신의 의기를 책에 담아보지 않으시렵니까?
책으로 펴내고 싶은 원고를 메일(book@book.co.kr)로 보내주세요.
성공출판의 파트너 북랩이 함께하겠습니다.

도깨비의 시선으로 인간 세상을 보다!

# 사쿤의 인간관찰기

쿤 쓰고 그림

북랩 book Lab

# 사쿤이 깨어나다

땅속 깊이깊이 숨어 있는 것들은 많다

과거의 시간 속에 숨은 것들은 귀하기도 하고 쓸모없기도 하다

사쿤은 쓸모없는 것들 속에 있다

덜컹거리는 시끄러운 소리가 땅을 진동하고 사정없이 파이는 소리가 들린다

그 시끄러운 소리가 사쿤을 깨우고 있다

깊이 파고 들어간 땅에서 나온 여러 가지 낡은 것들, 그 안에 사쿤이 있다

사람들은 흙더미 속에 있는 물건들을 트럭에 싣고 강 언저리에 버린다

흙과 같이 물속에 빠진 사쿤은 놀라 잠을 깨고 물 밖으로 순간 이동해 사물들을 본다

온통 커다란 차들로 엉켜있는 땅에서 사쿤은 자신이 잠든 곳이 산 밑이라는 걸 떠올리면서 잠든 사이에 세월이 갔음을 의식한다

산이 있었던 자리, 그 자리엔 산이라고는 언덕 하나 볼 수 없는 모두 평지로 만들

고 있는 큰 차들을 보면서 사쿤은 금방 베어 나갈 나무 위에 서 있다
커다란 트럭들이 분주하게 움직이고 그 안에 작은 사람들이 분주하다

사쿤은 뭔가 재미있는 것들이 있을 것 같아 흥미를 느낀다
어디서 나타나 큰 괴물 같은 것들이 굴러다니는지!
나무를 실은 트럭 위에 올라앉아 그들을 따라가기로 한다

그들의 삶을 보기 위해!

# contents

사쿤의
인간관찰기

# _____ 여행

한 발, 한 발 땅을 밟고
한 걸음, 한 걸음 땅을 밟고
밟은 땅에 자신을 새기며 걷는다
인생이라는 이야기를 새기며 걷는다

사쿤은 배낭 멘 사람들 사이로 걸으면서 사람 여행에 동행하고 있다
사람들 각자의 인생길을 돌아보기 위해 걷는 길!
그 안에 자신을 담고 자신을 걷는다
무거운 짐 가방까지 메고 한 발, 한 발 인생을 걷는다
사쿤은 사람이 하는 여행을 생각해 본다
자신의 길이라고 생각하고 떠난 인간들의 여행은 고되고 어렵다
그런 여행을 사람들은 한다

자신을 배우기 위해
자신을 알아 가기 위해

자신의 새로움과 만나기 위해

모든 걸 내려놓고 떠나는 것이 여행이다
물론 자신의 짐은 지고 간다
돌아와 새로운 길을 보기 위한 도구니까!

사쿤은 늘 사람들과 여행을 떠난다
하루라는 여행
한 달이라는 여행
일 년이라는 여행
사람들에 인생 여행을 함께한다
사람들이 살아 있는 동안 사쿤은 그들의 짐을 들어 준다

세상을 보는 건 행복한 것이다
세상을 볼 수 있는 건 즐거운 것이다
세상을 만나는 건 인생을 보는 것이다
살아 있다는 증거와 만나는 것이다

# _____ 순례자

제주도 올레길

남해 바래길

북한산 둘레길

태안 해변길

울산 솔마루길

무등산 무돌길


순례자는 길 여행을 떠난다

자신과 떠나는 자신의 순례이다

길을 알고 걷기도 하고

물어물어 길을 알아 가기도 하고

표지판이 나올 때까지 무작정 걷기도 하고

길 끝까지 걷고, 걷고, 걷고

인생을 걷는다

길은 정해진 길이 있지만
인생길은 정해진 길이 없다

바다를 보며 걷는 길과
산을 보며 걷는 길과
친구의 얼굴을 보며 걷는 길과
자신만 보며 걷는 길과
길은 갈래도 많지만 순간순간 판단을 해야 한다
끝까지 갈지, 말지를…

길이 있어 걷지만
길이 없어도 걷는다
길을 만드는 존재가 사람이다

우리가 걷고 있는 길은 우리가 만든 것이다

길을 만들어 같이 걷고자 하는 마음은
우리가 서로 보고 걷는 이유를 알기 때문이다

사쿤은 사람들과 걷는다
사람들이 만들어 놓은 길을 같이 걷는다
사람들은 모르지만…


길은 선택이 아니다
길이 있어 가는 것이다
같이 갈 사람들이 있어 가는 것이다
길이 주는 희망이니까!

# _____ 시간

사쿤은 해를 보고 있다
언덕 위에 앉아서
나무 위에 서서
개울 물가에 발을 담그고
꽃 들판에 누워
파도치는 바다를 보며
해가 뜨고 지는 것을 보면서
사람들이 해와 노는 것을 보고 있다

새벽 5시에 우유 배달하는 배달부를
6시에 밭으로 가는 농사꾼을
7시에 아침을 준비하는 엄마들을
8시에 출근하는 직장인들을
9시에 등교하는 아이들을
10시에 취미반 아줌마들을

11시에 한가한 브런치를 즐기는 사모님들을

12시에 편의점 김밥을 사는 재수생들을

1시에 버스 교대하는 운전사들을

2시에 경로당 할머니들을

3시에 간식 준비하는 유치원 교사들을

4시에 다 말라 가는 빨래들을

5시에 학교 앞 분식점 아저씨를

6시에 학원버스를 기다리는 학생들을

7시에 한 묶음에 만 원을 외치는 노점상을

8시에 야근하며 라면을 먹는 사회 초년생을

9시에 볼 영화를 뒤적이는 연인들을

10시에 늦은 저녁과 텔레비전을 보는 기러기 아빠를

11시에 힘들게 리어카를 밀고 가는 노부부를

12시에 마감뉴스를

사쿤은 해를 보며 사람들을 보았다
사람들과 세상은 해를 안고
해는 보지 않고
시간 굴레에 사는 사람들
그리곤 그들은 행복한 일을 찾는다


하루하루 기억할 시간을 만들기!
기억할 시간을 만나는 게 인생이다

## _____ 현재 시간의 속도

사람이 산다는 것은 무엇일까?
사람으로 살아간다는 건 어떤 걸까?
사람은 왜 살고 있는 것일까?

현재라는 시간을 좇는 사람들
그들이 말하는 현재는 무엇일까?

그들이 현재라는 뜻을 알까?
현재를 아는 것일까?
시간이라는 것을 알까?

인간들이 말하는 시간, 현재!
그들이 느끼는 시간은 지나가는 것일까?

지나간다고 생각하기에 현재라는 말을 하겠지?

사쿤의 머리는 복잡해졌다

인간들이 말하는 현재의 말뜻을 이해하기 위해 사람의 시간을 관찰하기로 했다

사쿤은 사람들이 시간을 보내면서
지식을 찾고, 경험을 찾고, 정보를 찾는 것을 본다
그리고 확인한다
그들이 '빠르게'라는 속도에 취해 산다는 것을
그 속도에 취한 사람들은 만족을 한다
사쿤은 궁금하다
그 '만족'이 무엇인지?

사쿤의 의문은 계속, 계속 커진다

사쿤은 사람들의 시간을 관찰한다

사람들은 시간을 나눈다
과거
현재
미래
로!

그리고 그들은 현재를 산다
현재 속에서 미래를 꿈꾼다
미래의 행복을 꿈꾸면서
현재의 고통과 아픔을 감수한다
그것을 지혜라고 한다

사쿤은
인간의 지혜가
시간과 고통을 함께하는 산물이라고 생각한다

그리고
인간의 시간은
지혜를 낳는 잉태라고 생각한다

사쿤은 생각의 매듭을 짓는다

우리의 선택은
과거의 지식을 잡는 것이 아니라
지혜를 잡는 것이다

지식은 편견이 많지만
지혜는 시간의 수위 조절이다

## ____ 시간 속 시간

누구나 가진 것이 시간이라고 사쿤은 생각한다
평등한 시간
현명한 시간
공평한 시간

사쿤은
자신이 가진 시간은 행복이라고
행복을 시간으로 얻는 것이라고
시간의 기쁨을 안고 가는 것이라고
생각한다

그런 마음으로 길을 가는 사쿤은 길이 둘로 갈라지는 곳에서 고민에 빠진다
어느 길을 선택해야 할지
어느 길이 현명한지
어느 길과 만나야 하는지

고민은 고민으로 빠지고
생각은 생각을 낳고
그렇게 길과 만나는 시간은
고민을 만들었다

오른쪽 길일까?
왼쪽 길일까?
우두커니 선 사쿤은 슬픔을 느낀다

어느 쪽도 선택 못 하는 자신의 시간 때문에…
판단할 수 없는 마음 때문에…
시간에 욕심이 생긴 자신 때문에…

그렇게 서 있던 사쿤은 발밑으로 열심히 걷는 개미들을 발견했다
줄을 선 개미들이 왼쪽으로 줄지어 가는 것을…

긴 줄이 궁금해 개미들을 따라 왼쪽으로 콩콩 뛴다

한참을 보고 쫓아간 사쿤은 언덕 위로 올라간 개미들을 보고

개미처럼 나무 위에 오른다

어느 개미보다 높이 오르던 사쿤은

나무 위에서 하늘도 보고 땅도 내려보았다

왔던 길을 따라 사쿤은 천천히 바라본다


사쿤이 멈추고 서 있던 두 갈래 길도 보였다

사쿤이 서 있던 곳, 다른 쪽 길을 본다

다른 길이 가는 길을 따라 눈이 간다

그 길은 숲이 있고, 숲에 가장 큰 나무가 있다

그 나무에 사는 부엉이와 눈이 마주친다

순간, 부엉이가 날아와 사쿤 앞에 앉았다

사쿤이 부엉이를 만나고 싶다는 순간

부엉이는 날아와 사쿤 앞에 있는 것이다

사쿤은 생각한다

개미를 따라 왔던 반대길에서도 부엉이를 만났을 거라는 걸!

만나야 할 것은 반드시 만난다는 걸!

시간 속 시간 또한 관념이라는 걸!

선택의 시간 또한 만나야 할 기쁨으로 맞이하라는 걸!

우리가 고민하고 선택하는 것이 모두 같다는 걸!

그 모든 것이 우리를 부른다는 걸!


시간 속 시간의 선택은 같다

어떤 시간이든, 어떤 길이든

우리는 만날 것이다

후회 없는 시간을 만나는 것이다

# _____ 땅의 비밀

처음 한 줄기 가닥이었다
그리곤 주렁주렁! 땅이 주는 신비다
이 맛에 사람들은 가을을 기다리나 보다

추수를 거두는 재미를 땅과 살아 본 사람들은 안다
작은 씨 하나 똑 꽂아 두면 그것이 한여름 과일로 더위를 잊게 해 주고
가을의 풍요로움을 안겨 준다
햇살은 땅을 알고, 비는 땅을 사랑하는 사람들에 마음을 안다
그렇게 계절의 신비를 느끼며 사람들은 삶을 안고 산다

봄이 주는 흙 내음으로 추운 땅에서 비집고 나온 냉이와 쑥을 캐 겨울에 숙성한
된장에 버무려 끓여 먹고, 여름 뙤약볕을 담은 덩굴 과일을 몸보신 하듯 나누어
먹고, 가짓수도 많은 가을걷이를 겨울을 안고 준비한다

사쿤은 이렇게 살고 있는 사람들이 좋다!

가을엔 모두가 부자 되어 웃는 것이 좋다!
서로가 얼마나 잘되는지를 물으면 부족한 부분은 나누어 가지면서 사람을 보듬어
주고 아끼는 모습이 좋다!

사람이 사람이어서 좋다고 사쿤은 말한다

가을걷이의 풍요로움으로 겨울이 오면 나누어 주기 위해 겨울 땅거지를 한다
찬기를 맞으면서도 잘 자라는 것들을 준비하고, 자라 주는 모든 것에 감사를 한다
땅과 사는 사람들은 쉴 줄도, 멈출 줄도 모른다
땅이 주는 비밀을 캘 줄만 안다

그들은 땅을 아낀다
그들은 땅을 사랑한다
그들은 땅을 아는 사람을 좋아한다
그렇게 사람과 나누기 위해 노력하는 사람들과 사는 사쿤은 사람이 좋다

숨은 것에 대한 호기심은 세상을 변화시킨다
흔하다고 생각했던 곳에 진심은 숨어 있다
그것을 만나려면 땅을 알아야 한다
사람 마음이 땅이라는 걸 잊으면 안 된다
그 안에 진실이라는 보물이 숨어 있다

## _____ 공상

처음엔 재밌었다
머릿속 그림들이 온통 떠돌아다녀서 재미있고 신나고 상상이 행복했다
누가 만들어 준 것도 아니고 누가 생각해 준 것도 아니고
누가 아닌 자신이 재미난 생각을 만들어 낸 것이다
그 생각을 생각으로 생각하며
자신 안에 있는 또 다른 세상을 만든다

이런 재미난 상상이 현대의 모든 문명을 만들었다
영화도, 우주선도, 해저터널도 처음엔 상상이었다
한 인간의 공상이 현대의 멋진 세상을 만든 것이다

공상 속 영웅의 옷을 입고 싶어서 과학을 공부한다는 학자도
다른 차원의 세상을 시간여행을 하고 싶다는 수학자도
우주 어딘가에 새로운 생물체와 만나고 싶다는 우주 과학자도
작은 생각, 공상에서 만난 세상이다

우리는 이런 새로운 생각들을 만들어 가야 한다
기발한 발상으로 새로운 세상을 만들 준비를 해야 한다
우리가 우리로 살며 우리다운 모습을 상상하고
공상 속 영웅처럼 꿈꾸고 영웅으로 살아가야 한다

사쿤도 공상을 한다
사람들이 안 싸우고 사는 법을 알게 되는 공상
아무도 미워하지 않으면서 사는 공상
행복의 즐거움으로 늘 웃는 공상
서로에게 하트 눈을 주는 공상
세상에 전쟁이 없는 공상

작은 이야기는 책이 되고
한 사람의 빈둥거림은 영화가 되었다
우리의 공상을 발전시켜 새로운 세상이 오도록 열어 두자
머리를…

# ____ 라 비 앙 로즈

인생이란 정점을 생각한다
행복했던 순간, 시간, 세월!
'나'라는 사람
자신을 보는 순간
자신과 직면하는 시간
자신과 세월의 역사

가장 행복한 순간이 있었을까?
가장 사랑했던 시간이 있었을까?
가장 기억되는 세월은 있었을까?

모든 고민만 하다 우물쭈물하는 순간
모든 모르겠다고 외쳤던 시간
모든 기억을 하기 싫어 버려졌던 세월

그 안에 내가 있었다

턱 자리 잡고 옴짝달싹 못 했던 내가 있었다

서 있는 나를 향해 바람이 불었고

방향을 잡을 수 없는 비바람 같은 폭풍우도

아무 소리도 들을 수 없는 내 안에 갇히기도 했다


그러면서 조금씩 늙어 가는 자신과 만나고

그런 자신을 보고, 자신 속 두려움도 보았다


새로울 수 없는 자신과 싸우고

깨어나지 않는 자신과 타협하고

비겁한 자신을 감추기 위해 보냈던 시절


그렇게 사라지는 것이 '나'라는 세월의 모습이다

돌아보며 웃기도 하고
떠올리며 울기도 하고
생각나면 부끄러웠던 기억들

그 모든 것이 내 것이었다
온전히 내가 겪은 경험의 순간이었다
버릴 수도 고칠 수도 없는 시간이었다
자신의 몸 구석구석, 뇌 속 본능에 들어 있었다
세월의 흐름이…

그것이 '장밋빛 인생'
인간들이 보내는 '장밋빛 인생'이다
스스로 선택하는 인생
자신만 갖는 자신의 인생
살아서 느끼는 모든 것에

자신이 있다는 것이
'장밋빛 인생'이다


사쿤은 아주 오래전에 알고 있던 인간 친구의 마지막을 보면서
인간 친구와의 과거를 이야기한다
그 친구를 보며 사람으로 살아가게 된다는 것을 보게 되었다
이렇게 사람들은 순간을 느끼고
그렇게 사람들은 시간을 맞이하며
언제나처럼 사람들은 세월을 보낸다



그 모든 것들이 '장밋빛 인생'이었다
후회 없는 인생을 살았기에
열정적인 시간을 가졌기에
미래의 희망을 알기에 세월과 더불어 산다

'사람들은 형상도 없는 행복을 느끼나 보다'라고
사쿤은 생각한다

행복 - 장밋빛 인생
라 비 앙 로즈

# _____ 기회

태어나길 잘했어!
태어나길 정말 잘했어!

살아 있는 모든 것은 기회가 있다

살아 숨 쉬는 기회
사랑할 기회
좋은 사람과 만나는 기회
행복을 주는 사람을 만나는 기회
보고 싶은 사람이 생기는 기회
슬픔이 정화되는 기회
치유되는 기회
수많은 기회를 맞이하면서 보내 버리는 자신을 반성하는 기회

오늘이라는 시간을 인간들은 24시간이라는 숫자로 나누고

8시간을 일하고, 8시간을 자고,

4시간을 먹으면서 보내고, 4시간을 자신에게 쓴다고 한다

하루 세끼니까 한 시간씩 3시간, 나머지 1시간은 차 마시는 시간,

자신에게 쓰는 시간 4시간, 화장실 가는 시간 6~8번으로 나누어 한 시간이라 치고

빈둥거리는 1시간, 텔레비전 보는 시간 1시간,

이렇게 자신의 시간을 보내고 아쉬워하며 하루를 보냈다


그래서 사쿤이 묻는다

24시간으로 나누면 행복하냐고?


아무도 대답이 없다


왜 시간을 나누었는지도

왜 나눈 시간을 쓰는 법을 알게 되었는지도 아무도 모른다

그저 남들처럼 사는 거다

남들의 시간에 맞춰 사는 거라 하면서 산다

그래서 행복하냐고 묻는 물음엔 대답은 없다

좀 긍정적인 대답은 "그닥."

다른 대답은 "어쩔 수 없이."

행복하지도 않은데 사람들은 나눈 시간에 산다고 한다

왜?

남들과 살기 위해!

남들처럼 살기 위해!

그게 다다


남들처럼 사는 것이 삶이라서 그렇게 산다고 한다

자신이 행복한 이유도

자신을 행복하게 할 기회도

남들의 기준에 맞추어 사는지?

남들과 살기 위해서라면, 자신과 상대를 행복하게 할 것을 찾을 것이고…
남들처럼 살기 위해서라면, 남들이 해 보지 않은 도전을 시도했을 것이다

사쿤은 이런 식의 행복을 생각해 보면 안 되겠느냐고 묻는다

사람들은 갸우뚱거리며
웃지도 울지도 않는 표정이다

기회를 잃은 사람들처럼…


평생 올까, 말까 한 기회인데…
힘든 건 견디면 되고!
어려운 건 풀면 되고!
안 되는 건 되게 하면 된다

# _____ 차이

아픔을 알지만 아픔을 나눌 수 없고 혼자 아프다는 걸 혼자 느낄 때!

시름을 배우고 좋음을 잃어버렸을 때
가슴이 아픈 이유를 스스로 몰라도 눈물이 날 때!

가진 것이 많았으면
힘이 있었으면
머리가 좋았으면

모든 욕망에 스스로 굴복당했을 때!

나날이 시간이 가는 이유를 알면서 잡을 수 없는 시간에 슬프다고 말할 수 없을 때!

혼자라는 느낌을 알면서도 혼자가 아니라고 믿고 싶은 이유로 서글퍼 할 때!

행복하면서도 행복이 지나갈까 봐!
사랑하면서도 사랑을 믿지 못했을 때!

사쿤은 생각한다
사람과 사쿤의 차이를!


인간과 도깨비의 차이를!

사람은 좋은 걸 배울 수도
인간은 자신을 볼 수 있는 것을!

사쿤은 배운 적도
자신의 존재를 의심해 본 적도 없고
고민한 적도 없는데…

그저 태어나서 살아가는 것이 좋았을 뿐이라고

사쿤은 말한다

## ＿＿＿ 시작(부제: 초코 아이스크림)


작은 슈퍼에는 커다란 아이스크림 통에

까치발을 들고 맨 밑에 있는 초코 아이스크림을 집고자

꼬마는 발버둥 친다


사쿤은 꼬마를 들어

초코 아이스크림을 집게 해 준다

초코 아이스크림을 집은 꼬마는 신이 나

사쿤에게 집은 아이스크림을 자랑한다


꼬마는 사쿤이 도와준 기억이 없다

초코 아이스크림을 집었다는 기쁨만 있다


초코 아이스크림을 한입 물고 세상을 다 얻은 얼굴을 한다

사쿤은

"한입만 줄래?"

웃으며 꼬마를 놀린다


두 눈을 크게 뜨고 다시 작게 뜬 꼬마는
"아저씨, 나 알아요?"
눈을 흘기며 뺏길까 봐 아이스크림을 두 손으로 꼬옥 쥐며 사쿤을 노려본다


사쿤은 웃는다
"너 초코 아이스크림이 좋아?"
사쿤의 물음에 꼬마는
"얼마나 맛있는데요! 안 먹어 본 사람은 말을 하면 안 돼요!"
극찬에 가까운 말로 초코 아이스크림을 설명하는 꼬마는 행복하다
아이스크림 하나로 세상을 얻었다


사쿤이 꼬마에게 묻는다
"넌 언제부터 초코 아이스크림을 좋아했는데?"

꼬마는

"음, 처음엔 누나가 먹는 걸 봤는데, 신기했어요. 난 아이스크림은 하얀 것만 먹었
거든요. 근데 누나가 검정 아이스크림을 먹는 거예요. 그것도 맛있게! 꺼먼 것이
맛있을 것 같진 않아 난 안 좋아했어요. 근데 누나가 "한 번 먹어볼래?" 하는 말에
고개를 흔들다 콕 얼굴을 초코 아이스크림에 찍었어요. 나도 모르게 혀로 핥았
죠! 그 맛은 정말 좋았어요. 그리곤 누나의 초코 아이스크림을 먹겠다고 울었죠.
그리곤 늘 초코 아이스크림만 먹어요!"

꼬마의 시작은 두려움이었다
누나의 친절이 가지고 있는 아이스크림을 뺏을까 봐
초코 아이스크림에 대한 무조건적인 두려움이었다

자신의 것을 뺏길까 두려워하는 모든 사람은 뺏을 준비를 한다

시작! 그것은 모든 것을 소유하려 한다
그러면서도 시작을 두려워한다

욕심 많은 자신과 직면하며 시간은 보내야 한다
그래야 시작할 수 있다
두려움을 아는 마음을 떨칠 수 있다
그게 자신이다
자신한테 최선을 다하는 것이다
후회 없이!

모든 시작은 '나'다!
후회할 시간은 없다
후회란, 최선을 다하지 않았다는 것이다!

# ____ 나이

"오늘은 내 생일! 내가 태어난 날이야!"
사쿤은 생일 맞아 즐거워하는 꼬마를 보고 있다

"생일이 뭐야?"
사쿤은 묻는다
"태어난 날! 내가 생겨났어! 이 세상에!"
꼬마가 답한다

꼬마보다 먼저 세상에 있었던 사쿤은
"세상에 태어나는 것이 그렇게 좋은 거야?"라고 묻는다

꼬마는
"그럼! 난 태어났고, 벌써 여덟 살인데!"
사쿤은 "여덟 살?"이라고 묻는다
꼬마는 "그래, 여덟 살! 내가 형아야, 동생도 있어!"

사쿤은 숫자 여덟을 손가락으로 말하는 꼬마가 신기하다
태어나는 것은 알겠지만 나이를 세는 꼬마가 신기하다

왜 나이를 세고 있는지를 이해할 수 없다
왜 시간이 가는지를!
세월이 가는지를!
숫자로 세고 있는지를!
그것이 무슨 의미인지를!

사쿤은 "나이가 여덟이라 좋아?"라고 묻는다
꼬마는 "그럼 얼마나 좋은데! 이제 학교도 가고, 배울 것도 많고, 함께 놀 친구도
많이 생겨!"

생기는 것이 많은 것이 나이란다
한 살 한 살 먹으면 부자가 된다고 한다

꼬마가 부자는 좋은 거라고…
나이를 먹으면 부자가 된다고…
그래서 생일이 좋은 거라고…

사쿤은 자신의 나이가 얼마인지를 기억을 못 하는 것이 슬퍼졌다
사람들은 나이를 먹으면서 부자가 되는데…
사쿤은 자신의 나이를 몰라 부자가 되지 못한 것 같아 슬퍼졌다

나이가 있는 꼬마가 부럽고 행복해 보였다
꼬마는 "내년에 아홉 살이 될 거야. 아홉 살이 되면 동생들도 많이 생긴다고! 동
생들이 날 얼마나 좋아하는데."라고 말한다

사쿤은 나이를 몰라 좋은 걸 배우지도, 행복도, 동생들도 없다는 것이 서운했다
"나이는 어떻게 얻는 거야?"
사쿤의 물음에 꼬마는

"나이는 그냥 먹는 거야!"라고 답한다
"한 해, 한 해 나이를 맛나게 먹는 거야! 그럼 형도 되고 친구도 많아져! 생일과 동시에 나이를 먹는 거야!"라고 대답한다


지적인 나이
현명한 나이
정직한 나이
현명한 나이
부끄러움을 배우는 나이


시간이 지나면 나이를 먹지만
나이를 먹는다고 시간이 지나간 것은 아니다

# ____ 다시 태어나는 날

가진 것이 많은 사람과 가진 것이 없는 사람 중에 누가 더 행복할까?

사쿤이 사람에게 묻는다
"갖는다는 것이 뭐야?"
"가졌다는 게 무슨 기준이지?"
"무엇을 가졌다는 거지?"
"무엇을 가진 것이 행복한 거지?"

사람이 대답한다
"비싼 집, 좋은 차, 선망의 대상이 되는 것!"

사쿤이 다시 묻는다
"비싸다는 것이 어떤 가치이지?"
"좋은 차는 어떤 게 좋은 차지?"
"선망은 누구의 선망이지?"

사람은 답답하다는 표정으로 사쿤에게 말한다
"100평이 넘는 집, 5,000cc가 넘는 차, 부러워하는 눈으로 보는 것이 선망이야!"

사쿤은 또다시 묻는다
"100평 집에 누구랑 살 거야? 5,000cc 차로 어디 갈 거야? 부러워하는 선망의 대상이 누구였으면 좋겠어?"

사람은 생각한다
누군가와 그 집에 있을지를
어디를 가기 위해 차가 필요한지를
자신을 바라봐 줄 사람이 누구였으면 하는지를

사람은 침묵하고
사쿤은 사람을 보다 하늘을 본다

사람이 스스로 답을 찾을 때까지 사쿤은 기다린다
사람이 찾는 진심이 집보다, 차보다, 선망보다 더 가치 있는 걸 알 때까지!

한참 후 사람은 답을 알았다고
다른 사람은 자신이 말한 것을 더 원한다고
그래서 그 사람들과 살기 위해 그 사람들이 원하는 것을 가져야겠다고…
사쿤이 사람을 보면서 묻는다
"정말 그런 것을 가지면 행복할 것 같아?"

사람은 대답한다
"내가 행복한 것은 잘 모르겠고, 다른 사람들이 부러워할 거야!"

사쿤은 다시 묻는다
"부러워하는 것이 행복이야?"

사람은 대답이 없다

사쿤은
사람한테 새로 태어나면 그 모든 것이 필요 없다는 것을 알게 될 것이라고
새로 태어나 가장 행복한 게 무엇인지 보는 게 답이 될 것이라고
마음이 비워 있기에 남이 준 것으로 채우고 있어 먼지 쌓인 자신을 못 보는 거라고
사람은 자신 아닌 자신을 태어나게 하기 위해
다시 태어나겠다는 생각을 한다


자신이 남긴 묵은 때를…
오늘은 그 먼지를 털어버리는 날!
내가 날 비워 버리는 날!
나 아닌 나로 다시 태어나는 날!

## _____ 거울

자신을 볼 수 있는 물건은 거울이다
자신이 비친 거울이 우리는 자신이라고 믿는다

그 거울에 자신 아닌 다른 사람이 비친다면 우리는 힘들어 할 것이다
어느 공포영화 속 여자처럼
자신이라고 믿고 보던 얼굴이 귀신이었다는 사실을 알았을 때
자신을 잃고 두려움에 떨게 될 것이다
결국 공포영화 속 여자는 자신이 보고 있는 눈을 버리는 것으로 혼란을 끝낸다

자신 아닌 자신을 보게 되면
우리는 자신이 보고 있는 눈을 의심하고 스스로에게 상처를 준다
자신을 있는 그대로 보는 것이 아닌 남들이 만든 자신의 모습을 보고 자신의 거
울을 비춰보고 거울 속 자신과 내면의 싸움을 한다

자신을 보는 거울에 자신을 보고 있는가?
자신이 만들어 놓은 자신을 보고 있지는 않는가?

자신과 자신을 서로 보고 있기에 혼란을 만들고 있지는 않는가?

누가 아닌 '나'를 보라!
'자신'이라고 하는 '자신'을 보는 것이 중요하다
거울 속에 비친 스스로 만든 가상의 '나'를 자신으로 착각해 혼란을 만들지 마라

자신을 보는 거울을 갖는다면 자신을 강하게 만들 수 있다
혼란과 혼동의 거울을 버릴 때, 자신을 볼 수 있는 눈을 버리는 일이 없기를 바란다

사쿤은 늘 사람들을 본다
사람들이 사쿤을 볼 수 없을 때도 사쿤은 사람들을 본다

보며 살라고 한다
보며 살아야 한다고 한다
보는 것이 사는 거라 한다
자신부터!

_____ 신호등

점점 힘들다고 느낀다

사는 게 힘들다고 느낀다

경험에 두려움이 힘들다고 느끼는 거다

안 좋은 경험이 불안함을 만들어 힘들다는 주관적 판단을 한다


인간의 삶은 신호등이다

빨간불에 열정, 노란불에 기다림, 파란불에 전진이다

스스로 만드는 20대의 열정에 무조건 도전하는 걸 자제할 줄 알고

30대의 기다림의 묘미를 느껴야 하고

모든 경험에 총재로 나머지 인생을 산다

많은 경험을 얻을수록 파란불처럼 수월하게 나간다

그래서 삶은 살아볼 만한 것이다


빨간불에서 주변을 살피고

노란불에 기다림을 배우고

파란불이 켜지면 도전 정신으로 앞으로 나간다

인생 모두가 신호등이다
질서를 지켜 순서 있게 나가는 품위를 배우는 거고
참고 인내하는 미덕을 배우는 거고
쉽게 갈 수 있는 길을 배우는 거다

"언젠가 때가 올 거야!"는 준비된 사람의 때다
도전하고 경험하는 준비를 하는 사람의 행운이다

깨달은 만큼 신호등은 빨리 바뀐다
자신을 발전시킨 만큼 신호등은 샐리의 법칙처럼 바뀐다
그래서 인생은 공평하다고 한다
나쁜 사람의 벌도 스스로 받을 것이고
좋은 사람의 행운도 노력하기에 오는 거다

그것이 인생이니까!

사쿤은 사람들이 만들어 놓은 신호등을 보고 참 신기하다고 생각한다
인간들이 만든 인간들의 신호등이 사람들의 삶과 닮아 있기에…


때는 언제든 온다
준비만 되어 있으면…
아무것도 하지 않고 감나무만 보고 있는 사람은 깨진 감만 먹게 된다
때가 오게 스스로 따라
잘 익은 감을 두 손에 쥘 수 있게!

행운의 신호등을 스스로 관찰하고 만들어 가라
자신의 신호등은 스스로 만드는 거다

# ＿＿＿ 와인 한 잔

생명수를 마셨다
달고 쓰다
진한 여운도 주고
슬픈 생각도 준다
그렇게 마시는 것이 와인이란다

친구와 마시면 우정주
연인과 마시면 사랑주
부모와 마시면 가족주
적과 마시면 화해주
동지와 마시면 혁명주
이름도 많은 와인주

술은 술로서 있지 않다
와인은 술이 아닌 축제다

와인으로 사람들은 마라톤을 하고
와인으로 세상과 만나고 협력한다

좋은 친구를 만들 때도 와인을 마시고
나쁜 친구를 만났을 때도 와인을 마신다

와인은 치료주다
사랑이 아픈 사람한테 치료주고
마음이 슬픈 사람한테 치료주다

와인은 과하지 않은 물이다
즐거움을 주는 행복한 물이다
사람을 보게 하는 마법 물이다
우주를 보게 하는 하늘 물이다

진심을 다하는 말은 와인 같다

햇살을 받아야 하고 시간을 보내 열매를 맺고 익어가며 풍부해진다

그 열매를 통에 담고 몇 년의 시간을 보내고 그 시간을 마신다

마음의 진심을 알아 가는 과정과 와인이 성숙해지는 과정이 같다

정성과 시간이다


사쿤은 사람들이 마시는 와인 한 잔에 시간을 배운다



한 잔은 나를 위해 마시고

한 잔은 너를 위해 마시고

또 한 잔은 신을 위해 마시고

마지막 한 잔은 살아 있는 모든 존재를 위해 마신다

맛있게…

# _____ 조용한 하루

사쿤은 가을 햇살에 온몸을 말리고 있다

햇살 충전!

자연 보충!

우주 에너지 흡수!

푸른 에테르로 변신!

사쿤이 받은 모든 걸 다시 내어주고

다시 받아들인다


자신을 보는 하루는 짧다

자신과 만나지 못하는 현대인의 하루는 짧다

하루라는 시간 속에 자신과 만나는 시간은?

지금이라는 시간! 그게 하루다

하루하루가 자신을 만나려고 노력하며 산다, 강아지 꼬리잡기처럼

자신의 꼬리를 물어보려고 애를 쓰는 강아지의 제자리 돌기!

반복된 행동인지도 의식 못 하고 일상의 제자리 돌기!

의미 없어도
의식 안 해도
이해 못 받아도
그냥 자신을 내려놓는 하루!
조용한 하루와 만나야 한다

아무 생각도, 판단도, 시간에 구해 받지 않고, 멍하니 있는 조용한 하루!

그렇게 조용한 하루로 충전된 자신을 보고 싶다
자신이 있는 곳이 우주든, 방이든, 나무 벤치든, 옥상이든
자신을 느끼는 하루!
조용한 하루와 만나고 싶다
사람의 기도다!

조용한 하루를 꿈꾸는 사람들이 안쓰럽다

사쿤은 자연을 보고 오르려는 사람들
정복하려는 사람, 소유하려는 사람들에게 자연을 느끼며 우주를 느낄 수 있는
조용한 하루를 주고 싶다 한다

그냥 다 잊고 자신을 만나는 조용한 하루를 만났으면 한다
지금이라는 하루와 시간을 느끼면 되는 것을…


"언젠간 행복할 거야!"는 후회를 부른다
"언젠가 사랑할 거야!"는 미련한 말이다
매 순간, 매 시간 최선을 다한 자신을 본다면 후회할 일은 없다
자신을 알고 자신을 보며 살고 있기에!

# _____ 협력자

주인이 되고 싶다

모든 것에 주인이 되고 싶다

세상 처음도, 세상 끝도 주인이 되고 싶다


누군가를 도와주는 사람

누군가에 힘이 되는 사람

누군가에게 행운이 되는 사람


우리는 늘 꿈을 꾼다

사람다운 꿈


태어날 때부터 우리는 사람과 사는 법을 배운다

그 배움이 우리를 주인으로 만들고 주인이고자 한다

우리가 혼자가 아닌 누군가에 도움이, 힘이, 행운이 되기를 간절히 바란다

사람과 사는 법을 배울 때부터 우리는 간절한 존재임을 인정받고 싶어 한다

그래서 우리는 우리를 꿈에 가깝게 가게 해 줄 협력자를 늘 찾는다

기도와 바램으로 그 협력자를 찾아

여행을 하기도 하고

수행을 하기도 하고

묵언을 하기도 하고

절망적으로 찾기도 한다


그렇게 만나고자 노력한 협력자를

다른 사람들은 신이라고 한다

그 신을 위해 사람을 버리기도 한다


모순된 협력자!

사람과 살기 위해 협력자를 바랐는데…

협력자는 사람을 버리라고 한다

절대 신을 믿으라고 한다

우리가 꿈꾸던 협력자는
사람을 사랑하는 존재다
우리를 주인으로 섬겨 줄 존재다
우리가 사람과 신뢰로 살 수 있게 해 줄 것이다

우리가 믿는 협력자는…


시간이 아무리 가도 우리의 믿음은 사람이다
사람만이 우리의 협력자다
오늘 우린 가족이라는 협력자를 주인으로 삼아야 한다
사쿤은 사람들의 가족이 되고 싶다

# _____ 날마다

처음엔 그냥 한 방울이었어!

그리고 또 한 방울, 또 한 방울!

그렇게 한 통을 모아 두기 위해 하루를 꼬박 기다렸지!

그것도 일 년에 딱 한 번 나오는 물이니까!

5일 또는 10일 정도만 나오는 물이니 귀하겠지?

한 컵 마시기 위해 반나절은 기다려야 하니까!


나무에서 나오는 귀한 물, 고로쇠 물이

사람들 약으로 쓰인단다

어디든 흔한 물이 아닌, 한 방울의 위력!

약효는 철분도 많고, 마그네슘도 많고, 변비에도 좋다고 하니!

성장기 아이들과 여자들에게 좋은 거라는 거지!

진짜 자연이 주는 선물이고, 치료 약인 거지!

사쿤은 자연이 주는 선물에 대해서 사람들에게 말해 준다

자신이 나무꾼이 되어 인간에게 필요한 것을 자연에서 습득할 수 있다는 사실을

알려 주고 자연을 소중하게 보살피며 얻는 것이 많다고, 사람들에게 일깨워 준다
그래야 자연과 더불어 인간들이 살 테니까!

날마다 날마다 한 방울의 물처럼 사람들 사이에서 사쿤은 사람들이 자연과 살며
도움 주고받기를 연습시킨다
해마다 해마다 자연 안에 있는 보물들을 보여 준다
사람들이 자연 속 보물로 행복해지기를 바라며, 나무꾼이 되었다
강둑 어부가 되었다, 수확하는 농부가 되었다 하며 사람들과 살고 있다

변신을 거듭하면서 사쿤이 사는 모습은 인간이다
인간으로 살면서 사람들에게 필요한 부분을 채워 주는 도깨비다

사람을 사랑하는 마음으로 소원 비는 사람들에게 귀 기울이며 사는 도깨비다

냇물이 강으로 가고, 강이 바다로, 세상으로 나간다

우리에 시간은 날마다 냇물을 지나 강으로 가고 바다에서 큰 세상을 만난다

이것이 인생이다

하루하루를 모아 바다 여행을 떠나는 것이다 더 큰 세상으로!

# _____ 서프라이즈

거지와 왕자 이야기를 모르는 사람은 없다

가난하고 미천하게 태어난 거지가 왕자가 되고

왕자로 태어나 누릴 수 있는 부를 누리다가 거지로 전락해 살아가기도 한다

인생이란 한 편의 동화다

자기 삶의 이야기는 모두 독특한 메시지를 지닌다

오늘 하루만 해도 생사를 넘긴 사람도 있고

또 다른 삶을 꿈꾸다 죽은 이도 있다

그렇게 자신만 아는 이야기에 서프라이즈가 나타나면

놀람과 동시에 자신의 현실을 망각하게 된다


245억이라는 로또에 당첨된 평범한 사람은 서프라이즈다

5년 만에 그 돈을 다 잃고, 사기꾼으로 전락한 사람은 더 서프라이즈다

누구도 예상하지 못한 로또 행운!

그것을 5년만에 다 잃어버린 불행!

삶의 서프라이즈다

어느 택시 아저씨는 손님을 태우고 성수대교로 들어서기 전

신호등에 서려는데 바퀴가 터져

손님을 다른 차에 태워 보내고

뒷골목으로 돌려 나가는데

긴급 뉴스 속보로 성수대교 다리가 붕괴되었다는 소식을 듣는다

죽음을 감지한 듯 차바퀴가 구멍이 난 것이다

그래서 살았다고 한다

살 사람은 산다고!

삶의 서프라이즈다


결혼식을 하고 공항으로 가던 중 사고로 남편은 의식 없는 식물인간이 된다

와이프는 깨어나 남편을 찾지만, 남편은 부인을 볼 수도, 만질 수도 없다

그녀는 그렇게 남편을 지키고 배 속 아이를 지켰다

그렇게 3년 후!

아이의 '아빠' 소리에 기적같이 남편은 눈을 뜨고 평범한 가장으로 돌아왔다

죽음을 이긴 그들은 행복하다고 한다
서프라이즈 같은 사고를
서프라이즈 같은 기적으로
삶을 돌려받았으니까!

사쿤은 사람들의 서프라이즈를 기적이라고 한다
기적적인 것들이 서프라이즈에 숨어 깨달음을 준다고
인생의 진정한 의미를 간접 경험해 준다고!

세상엔 영화 같은 현실이 있다
현실 같은 영화가 허상으로 끝나지만
영화 같은 현실은 서프라이즈다
놀랄만한 일들을 사람들이 만들고 산다
사람을 위한 서프라이즈!

# _____ 사람에 대한 고민

한 방울 물에도 내륙지방 같은 먼지바람이 가슴에 분다
털털거리는 기차가 맥을 잇듯 숨 가쁘게 심장이 돈다
사쿤은 사람들이 모여진 광장을 볼 때면 이런 느낌이다
사람들이 외치는 진실과 아우성을 보이면서도 버거운 것은
사람들의 마음이 다른 까닭일 것이다

반복된 시간과 끝없는 회오리로 모인 이들은 혼란을 만든다
비명 같은 절규로 세상에 외친다
아픔도 느껴지고 슬픔도 느껴진다
엉킨 고통이 사쿤을 결계한다
결계 속에 갇혀 꼼짝 못 하고 있어야 한다

인간의 비명을!
인간의 아픔을!
인간의 허망을!

인간의 지침을!
인간의 이기적임을!

그래도 인간들은 서로 사랑한다
몇 시간 후에 일어날 일들을 알면서도 서로 사랑한다
그런 것을 마음이라 한다

사쿤은 인간의 마음을 이해할 수도 종잡을 수도 없지만, 아프다!

아파하는 인간의 모습에 사쿤은 아프다
서로 끝없이 싸우고, 위하면서도 상처 주는 인간의 모습에 사쿤이 상처받는다

인간은 일직선이 없다
한 줄로 서로 이어진다면 보기도 편할 텐데
여러 줄로 자신뿐만 아니라 남들도 엮어 버린다

뒤엉킨 사선들은 복잡해지고
마음으로 말해야 할 진실을 잃어버린다

그렇게 사는 사람들은 어장관리 한다
사람을 키우는 거라고 그들은 말한다
각자 성장하는 사람을 서로 키운단다

무슨 말인지 모르겠다
사쿤의 머리는 생각이 많아 통째로 덜어낼 방법을 찾는다

어지럽다

사람이 사는 법이 어지럽다
사람이 관계 맺는 것이 어지럽다
사람은 사람과 힘들어한다

그래도 서로 산다고 한다

산다!
서로!
사람이!

사쿤은 심장의 경련을 느끼면서 사람을 봐야 하는 자신이 싫다
가끔 웃게 하는 사람을 만나 심장의 경련은 멈춘다
그래도 사람을 미워하지 않으려 한다
사람들끼리 미워하는 마음으로 괴롭히고 쥐어뜯어도
사쿤은 그럴 수 없어 아픔을 안기로 했다

가끔은 죄인이 된 사람을 안아주는 것이 버겁지만
아무도 안아줄 것 같지 않은 그를 안아준다
그러면서 사람들에게 말한다

아주 작은 소리로

서로 사랑하라고…

그래야 상처가 아문다고…

그것이 사람을 행복하게 하는 거라고…

힘든 실천이지만…


고민해야 한다!

새로운 사람, 새로운 환경처럼

서로 적응하면서 노력하는 것이 정직한 것이다

쉽게 얻어지는 것에 대한 불안과 두려움

고민이라는 대가를 치르는 것으로…

도전의 용기로…

사랑해야 한다!

# _____ 꽃이 피는 창

천지를 흔들 듯 비가 내리고 슬픈 생각에 눈물을 흘리고 모든 것에 아픔을 느낀다
빽빽한 집들 사이로 작은 창에 앉아 우는 사람의 말을 듣게 된 사쿤은 그를 찾는다
사쿤에게는 모든 사람의 말이 들려 그들의 슬픔도, 기쁨도, 애절함도, 행복함도 보
이듯 느끼면서 인간의 시간을 보내고 있다
그중 슬픈 마음이 강하게 다가오면 슬픔을 담고 사는 사람 곁으로 가까이 있어
슬픔을 듣고자 사쿤은 그 사람을 찾는다
사쿤이 찾은 그!
그녀!
작은 그녀는!
작은 창에 몸을 웅크리고 작은 다리 사이에 얼굴을 숙이고 울고 있다
그녀는 자신이 얼마나 힘든지!
눈물의 말은 소리 없는 외침을 한다
"보고 싶어, 엄마!"
"보고 싶어, 아빠!"
"보고 싶어, 오빠!"

작은 그녀는 가족을 잃은 슬픔으로 아픈 가슴을 안고 슬픈 시간을 보내고 있다

사쿤은 그 슬픔을 먹어 없애고 싶다는 생각을 한다

작은 그녀가 기억할 수 있는 행복한 시간을 떠올릴 수 있을지 찾는다

작은 그녀가 자신을 안아준 기억!

작은 그녀가 자신을 느낄 수 있는 시간!

작은 그녀가 자신을 행복하게 해 줄 수 있게!

사쿤은 그녀 창문에 작은 화분에 씨앗 하나를 넣었다

그리고 작은 그녀가 그 화분을 볼 수 있게

창문을 두드린다

슬픔에 잠긴 그녀가 고개를 들어 화분을 본다

창을 열어 화분을 들여다본다

작은 그녀가 흘리던 눈물이 화분에 떨어진다

기적처럼 화분에서 싹이 트고 줄기가 올라오더니 창을 덮고 꽃들이 피어난다

신기한 그 광경에 작은 그녀의 눈물은 멈추었다

창을 타고 피어나는 꽃들을 보고 있던 작은 그녀는 밖에서 보는 창은 얼마나 예

뽈까를 생각한다

그리곤 일어나 방문을 열고 마루를 지나 현관문을 열고 눈부신 태양과 만난다


눈에 빛으로 가득한 세상을 맞이한다

첫걸음을 떼는 발의 두려움을 태양빛이 감싸 준다

사쿤은 뒤에서 작은 그녀를 받쳐 준다

그녀가 창문을 보기 위해 딛는 발에 사쿤이 손을 잡는다

물론 그녀는 모르지만

작은 그녀가 꽃이 만발한 자신의 창을 보면서 미소 짓는다

"엄마!"

"엄마, 내 방 창에 꽃이 찾아왔어!"

"엄마가 주는 선물이지?"

"이젠 울지 않을게!"

"꽃처럼 웃을게!"

작은 그녀가 웃는다

활짝!

사쿤의 기적이 그녀를 웃게 한다


웃는 사람!

웃음을 주는 사람!

행동하는 사람이 웃음을 주는 사람이다!

# _____ 말하기, 지껄이기

사랑합니다!  행복합니다!
귀찮아! 피곤해!

사람한테 하는 말!
사람한테 지껄이기!

사람이 사람을 만났을 때 해야 할 말은
좋은 것을 말해야 한다
지껄임으로 입에서 떠드는 것은 의미가 없다
무슨 말인지 모르며 끝이 없을 것 같은 지껄임!
지껄임으로 하는 사람들은 감정을 말한다고 한다
그것이 말이라고 주장한다
호수처럼 물을 모아 담는 것이 아닌
물방울이 공중에 퍼져버리고 소멸되는 지껄임을 말이라고 우긴다

말의 서글픔도, 말의 여운도, 말의 감동도 없는 지껄임을 나눈다고 한다

그런 지껄임으로 친구를 사귀고, 연인을 만나고, 가족을 대하니!
가슴에 담긴 행복을 말할 수 없고
심장이 뛰는 사랑을 말할 수 없는 것이다

지껄임을 한 표현은 피곤해! 귀찮아!
사람을 보지도 않고 입에서 나오는 대로!
후회를 안은 지껄임!

가슴이 없는 지껄임으로 시간을 보내고
마음이 없는 지껄임으로 사람을 본다
지껄임이 연속되고 돌고 돈다
그렇게 보내진 시간은 그들에게 멍한 가슴으로
세상을 보게 하고, 세상을 버리게 한다
입에서 나온 지껄임이 욕으로 변하고
하루 종일 말보다 욕을 하는 지껄이기가
그들의 영혼을 말라 가게 한다

말라 간 영혼은 시간을 잃어버리고
말라 간 영혼은 사람을 잊어버린다

그들은 관심이 없고, 새로운 것의 도전이 없다
그저 시간이 가면 어떻게 되겠지를 일관한다
노력도 없이 바라고
관심도 없이 이루어지기를
도전도 없이 성취만 꿈꾼다

자신을 잃은 영혼의 비명이 지껄임이다
그렇게라도 울어야 누군가 처다봐 줄 거라고
유아기적 발상으로 처다봐 주면 더 큰 소리로 지껄이려고
우는 것을 알리려고 욕이라는 지껄임을 소통이라고 끝없이, 끝없이 한다
숨쉬기도 힘들게…

반성이라는 것을 한다면 지껄임이 멈출 텐데…

기회라는 꿈꾸기를 한다면 지껄임을 멈출 텐데…
도전이라는 것을 설계한다면 멍한 가슴을 달랠 수 있을 텐데…

참 어렵게 사는 그들이 가여운데…
자신을 볼 수 없어 동정으로 산다

스스로 초라한 삶을 그들만 못 본다

행복에 도전했다면
사랑에 도전했다면
영혼을 잃거나, 말을 잃지 않았을 거다

사쿤은 사람들의 말을 듣는 시간보다
지껄임을 듣는 시간이 많아질수록 사람들의 소원을 외면하게 되었다
말과 지껄임을 구분하지 못하는 그들의 소원을 들어줄 수도
볼 수도 없기에 사쿤은 눈동자가 사라졌다

눈으로 판단하는 모든 것이 혼동되어!

사쿤은 눈으로 보지 않고, 지껄이는 소리도 듣지 않고
간절한 마음의 소리가 퍼져 나오기를 기다린다

눈동자도, 귀도, 잃어버린 사쿤은 소원한다
사람들의 말에 감동을 듣고 싶다고!
사람들의 멋진 모습을 보고 싶다고!


입에서 나오는 지껄이기가 아닌, 말을 해야 한다
진심 담긴 말!
멋진 모습!

# _____ 설정

물이 흐르는 걸 보면 편안해진다

잔잔하게 흐르는 물, 시원하게 내려버리는 폭포

파도를 안고 회오리를 안고 바다는 철썩인다

이렇게 물도 원형을 보여주며 세상과 부딪히는데…

인간은 늘 설정만 한다


자신을 보이기 위한 설정

자신을 보여 주기 위한 설정

그 설정이 자신이란다

보이지도 않은 설정이 진실이란다


사쿤은 사람이 어렵다

사쿤이 사람 세상에 사는 것이 힘들다

도깨비 사쿤은 사람과 다르다는 것이 버겁다

인간이 만든 모든 사회가 어렵다

무슨 규칙이 그리 많은지, 알 수 없는 원칙이 많은 건지

기억할 수 없는 법을 만들고 수시로 때려 부수고 있는지

그리고는 그것이 변화란다

변화를 위해!

시대를 위해!

바꾼단다


그 모든 것이 순간마다 바꾸는 인간의 설정이란 것을 인간은 모른다는 건가?


그럴듯한 그림으로 설정한 이야기에 자신을 주인으로 만든 드라마를 믿고, 믿어

주기를 바라는지!


사람들은 자신의 모습마저도 새롭게 만들고 싶어 하는 욕망덩어리이다

그런데 그들의 설정을 그들은 믿나?

자신들도 믿지 않는 설정을 하는 사람들은 그게 좋은지 싫은지도 모른다
그런데 늘 설정을 한다

자신이 만든 설정은 믿어주기를 바라면서
남들이 한 설정은 못 믿을 것이라고 말을 한다

알 수 없다고!

그 말을 사람들이 알 수 없는 건지!
믿고 싶은 걸 믿으려고 찾는 것인지!
설정하면서 서로 보는 것이 못 믿을 것인지!

어렵다!
설정이 인간사에서 꼭 필요한 것인지!
사쿤은 생각하고, 생각해 본다

인간은 태어나면서 사회성을 배운다고 하는데, 설정은 사회성인가?
그런 믿을 수 없는 설정을 왜 배우고 사는 건지!
사쿤은 점점 구덩이 같은 인간의 사회성에 머리가 아프다
보기만 해도 아픈 설정을 인간들은 왜 하고 사는지!
있는 그대로만 살면 안 되는 건지!

사쿤, 인간은 사는 것이 아니라고 판단한다
사라지는 삶을 사는 사람들이라고 생각한다




인간의 삶
모든 것이 설정!


"내가 이래."라고 하는 순간 모든 우주의 힘도 멈춘다

에너지가 멈추고 오려던 것도 멈춘다
악순환이 반복된다
중요한 순간이 안 왔다고 판단하는 순간
영원히 그 순간은 오지 않는다

그것이 진실이다

# _____ 초능력

접힌 세상이라고 해야 하나?

사람이 본다는 건 말이지!

사람이 본다는 건?

정말 눈으로 보는 걸까?

같은 것을 보는데 기억하는 것이 다르다

같은 사람을 보고, 같은 사물을 보고

한 사람이 보는 눈과 여러 사람이 보는 눈!

그리고 기억들!

기억을 하는 걸까?

보고 싶은 것만 보는 걸까?


사쿤은 사람들이 신기하다

마음도 다르고, 표현도 다르지만

눈으로 보는 것은 같은 게 맞는데…

다 다른 이야기로 서로를 이야기하는 사람들이 신기하다

그들도 신기해할까?

사쿤은 사람들의 눈이 정말 특별한 광채라고 생각하기 시작했다

눈으로 보는 게 없이 눈의 빛으로 보니!

빛에 의해 다르게 보이는지도 모르겠다

빛은 반사도 있고, 투시도 있으니까!

사람들 눈에 빛이 반사해서 못 볼 수도!

투시해서 여러 개로 볼 수 있을 거라고!

도깨비 사쿤에게는 없는 인간만의 초능력이라고 생각한다


사쿤은

사람들이 오해하는 이유도

싸우는 이유도

전쟁하는 이유도

알 것 같다

그렇게 보고 싶은 것만 보는 인간의 눈이 초능력이다

초능력은 사람을 행복하게 하는 것보다는 불행하게 하는 것이 더 많은 것 같다

사쿤은 인간의 초능력을 없애는 것이 좋을 것 같다고 생각한다

서로 똑바로, 눈으로 똑바로 보지 않을까 싶어서이다


그때

한 아이가 사쿤을 향해 뛰어와 사쿤을 안아준다

사람처럼 생긴 사쿤이 아닌데…

거부감이 들 법도 한데…

아이는 사쿤의 생김새를 있는 그대로 본다

머리로 생각하고 판단하는 것이 아닌

도깨비 그대로 보고 있다는 것이다


사쿤은 인간의 초능력이 어른이 되면 생기는 것이라 생각한다

눈은 퇴화시키고 눈 없는 초능력으로

그것은 어른들만 갖는 무서운 편견의 초능력이라고 생각한다

아이처럼 보고
아이처럼 듣고
아이처럼 말하면
불편하지 않을 텐데!

사람들이 어렵게 사는 이유가 쓸모없는 초능력이라고!
사쿤은 생각한다

# _____ 전달자

말의 표현은 좋은 것이다
감정을 전달하고
사랑을 표현하고
신념을 전염시키고
생각은 나눌 수 있고
말은 사람들에게 꼭 필요한 것이다

말은 혼자만 할 수 없다
말을 하는 사람이 있으면 듣는 사람도 있다
혼자서 하는 말은 중얼거림이지 말이 아니다
둘 또는 셋, 넷 사람들이 말을 하고 말을 듣는다

자신을 표현하기 위해
사람을 이해하기 위해
시간을 설명하기 위해

세상을 전달하기 위해
말로 모든 전달을 외친다

우리는 그렇게 말로 집단을 만들고
말로 서로를 알아 간다

누군가는 그 말을 자신의 무기로 사용한다
말의 올바른 전달자가 아닌 자신들 시각으로 왜곡시키고
자신들이 보고 싶은 대로 꼬아서 표현하고
망가지도록 심술을 부린다

심술 난 전달자로 인해 세상은 혼란스러움으로 가득 찬다
아무것도 남을 것 같지 않은 소멸로 치달아 간다
전달자들의 소모전에 세상은 서로 엉켜 존재를 상실한다

긍정에 희망을 놓아 버리다!

사쿤은 말을 하지 않는다
말을 듣기만 한다
모든 이의 말을 듣는 사쿤은
세상의 시름을 안아준다
침묵 언어로
말을 좋은 수단으로 써주기를 소원한다




시간의 세월로 이어 가는 역사가 우리다
말의 전달자는 사명감이 진실이다
전달자의 올바름이 세상을 변화시킨다

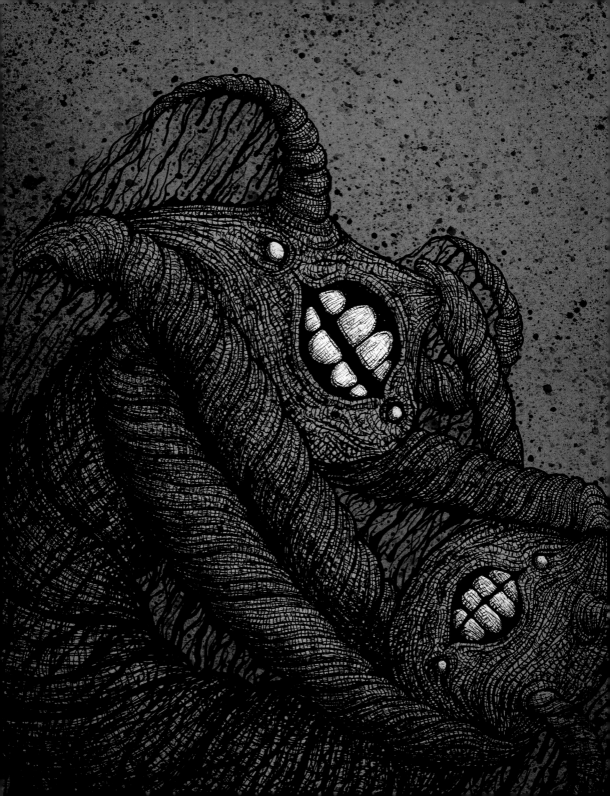

# _____ 황금 연못

서로 해서는 안 될 말을 하고, 서로 후회하고
서로가 이해받지 못한다고 물어뜯고, 아픈 상처만 말한다

과거의 상처는 시간 속에서 멈추고
계절의 변화에도 멈추고
신체는 성장을 해도 상처만 멈추어 있다
아프다고…
아팠던 그날을 못 잊겠다고…
그 상처를 준 사람에게 갚겠다고…

한시도 상처를 잊지 않으려고 상처 준 사람에게 매일같이 반복하며 상처를 말한다
상처 준 대상 외 주변에도 일기 쓰듯 상처를 말한다

화해를 잊은 인간들이 제일 어리석다고 사쿤은 생각한다
지나간 시간을 잡고 상처만 말하는 인간이 제일 나쁜 거라고 사쿤은 생각한다

다친 자리에 흉터가 생겨도 점점 작아지는데
인간들의 마음의 상처는 점점 커지는지…

사쿤은 사람들에게 망각의 물 한 방울
입에 넣어 주고 새벽을 맞는다

그렇게 해서라도 사람들끼리 싸우지 않기를 바라며…


화해하는 법을 아는 사람은 현명한 사람이다
상처만 보고 자신이 아프다는 것만 외치면
상처가 다 나아 흉터만 있어도
자신의 비명에 귀가 아파
아픔만 말한다
아픔이 흉터로 아물고 사라질 때까지 기다려라
고요한 심장으로…

# _____ 반복


고약한 하루를 보내고
울지도 웃지도 못한 얼굴로 사랑하는 사람을 만나야 한다는 것이 서글퍼…
약속을 취소하고 그녀는 방 안으로 숨는다


하루를 반복하고, 반복된 하루를 보내지만
도통 마음이 편해지지 않는다


시간을 보내는 자신이 힘들다
세월이 가도 변화할 것 같지 않은 세상과 마주한다는 것이 그녀를 병들게 한다
혼자만 잘살 수도, 혼자만 없었던 것처럼 산다는 것이 심장을 짓누르고 있어!
그녀는 다 잃은 사람처럼 넋이 나갔다


방송이라는 곳에 퍼지는 사건 사고…
죽어 간 사람들에 대한 이야기…
상처를 주는 이야기들로

모이고 모아서…
사람들은 없고 사람 아닌 형상들에 공포영화 같은 현실이 반복되고 있다

그렇게 상처받은 영혼으로 아파하지만…
아무도 상처를 치유할 방법을 말하지 않는다

사쿤은 그녀의 아픔이 들려
그녀에게 반복된 현실의 아픔을 치유할 말을 가르쳐 준다
그녀의 아픔을 들어주고 그녀가 다른 사람의 아픔을 들어줄 연습을 할 수 있게…

좋은 반복, 연습할 세상을 가르쳐 준다


세상은 혼자 둘 수 없기에 끝없이 반복되는 거라고 한다
오늘, 당신은 또 새로운 준비와 만난 것이다

# _____ 싸움

이길 수 있으면 이겨 봐!
싸움을 시작한 사람들은 제정신이 아니다

오만에 가득 찬 자신감!
붉은 눈과 입안 가득한 독기!
싸움이 치열해질수록 퍼지는 살기!

자신도 남도 없는 덩어리!
다 잃은 상태에서 덩어리의 뒤엉킴!
전달도, 설명도, 이해도, 포용도 없다
싸우는 이유도 잊은 것들의 퍼붓는 포탄이다
온몸을 다한 포탄이다

지칠 줄 모르는 공격에 방어보다는 파고드는 공격, 격분한 공격
억울할까 봐, 상대도 공격…

이기려고, 꼭 이기겠다는 고집인지…
싸움에 고집이 이기는 건지?
말꼬리 잡는 말싸움으로 일관한다
명분만 내세운 싸움으로 의식을 잃는다

좋은 싸움도 있는데…
약한 자를 위한 싸움도 있는데…
자신과의 싸움에 깨달음도 있는데…

이기지 않아도 되는데…
승부를 건 게임을 하는지…
이기려고, 이겨보려고 온갖 수단을 다 불러 모은다
그렇게 모은 에너지로 사람과 싸운다

사람과 싸운다, 사람이!

힘들게 싸운다, 사람이!
의식도 없이 싸운다, 사람이!
이성을 잃어버린다, 사람이!

진짜 이기는 법을 알면 싸우지 않을 텐데…
사람과 싸우지 않아도 이길 텐데…
방법을 즐기면 사람을 볼 수 있을 텐데…

사쿤은 사람이 싸우는 이유를 생각한다

자신을 믿으면 싸움은 없다
신의 한 수다
자신을 믿고, 상대를 믿으면
이기는 법을 알게 된다

신이 들어 주는 손을 느낄 수 있다

포용의 손을…


신의 한 수란

이기려 하지 마라!

상대를 존중하라!

# _____ 이기적

사람의 내면은 힘이다
자신의 내면으로 통찰을 배우고
사람과 사물을 보고 판단한다
내면이 평정심을 만들어
온 마음으로 세상을 볼 눈이 생긴다
사는 것이 사람 내면의 힘이다

내면이 모든 것을 잃을 때가 있다
자신을 잃고 평정심을 잃었다
삶의 의미를 잃었을 때 미친 발상이
자신의 마음 잃음을 이기심으로 표출한다
무섭게!
그 모습은 무섭고 비겁하다
비겁이 겹겹이 쌓여 무슨 말을 하는지도
거짓말을 하는지도 모르고 합리화를 한다

합리적으로 판단했다고 주장하며…

그래도 사람은 아름답다
자신을 위해 이기적인 마음도…
지키고자 하는 생각에 마음도…
갖고자 하는 욕심에 뿜는 발상도…
인간은 아름답다

이기적인 마음으로 거짓을 말할 때도 부끄러움을 안다
그래서 사람이다
스스로 실수를 인정하는 것도 사람 모습이다
용서를 빌 줄 알고 미안함,
잘못했음을 인정하는 것이 사람이라
사람은 살만한 존재다

사쿤은 사람들을 보며

웃었다, 울었다를 반복하는 코미디언들의 집단이라고 생각한다

매일 반복된 변덕 같은 마음을 이기적인 콩트의 연속이라고…


인간은 이기적이다

이기적인 것이 나쁜 것은 아니다

이기적 안에 욕심만 빼면

자기 보호를 위해 거짓말을 하지 않으면

마음으로 이기적인 자신만 볼 수 있다면

비겁해지지 않는다

# _____ 공허함을 채우기 위한 소통

별이 보이는 하늘을 보면 행복하다
맑은 하늘이 세상 모든 시름을 잊게 한다
바람 부는 언덕은 시원하다
새로운 모든 것을 가져다 주니까!

이렇게 자연과 놀고 있을 때가 사쿤은 좋다
세상 어떤 것들과도 소통할 수 있어 행복하다

세상 안에 사는 모든 것 중에 가장 어려운 것이 사람이다
사쿤은 사람만 떠올리면
머리가 아파진다

사람들이 하는 소통이 공허해서
마음에도 없는 말들
걱정하는 척하는 행동들

신뢰를 저버리는 계산들

그런 게 잘산다는 거란다

그렇게 사는 게 현명한 거란다

그 모습이 좋다고 한다


참 어렵다

'마음에 없는 모습'을 담고 사는 게 좋다?

아프지 않을까?


사쿤은 사람들이 공허해 하면서 아닌 척하고

공허함을 사람으로 채우지 않고

기계로 채우는 것에 아프다


작은 사람들도 눈 맞출 사람들을 못 찾아

작은 화면이 재미있다고 거짓 웃음을 웃는다

화면 속 사람들이 메아리 대답도 못 해 주는데
좋다고 한다

그저 화면만 보는 것이 좋은 것일까?
화면 속 사람들과 있는 것이 좋은 것일까?
소통 없는 화면의 공허가 진짜 좋은 것일까?

알 수 없는 사람들의 공허를 사쿤은 힘겹게 본다

나무에도 가지마다 서로 보며 경쟁하며 나무를 더 크게 자라게 하는데…
사람들은 사람과 보며 자라지 않고 자신만 보고 공허만 본다
그리고 외롭단다

외롭고 심심해서 자신을 담고 또 담아 진열한다
진열된 자신을 다른 누가 봐주기를 바라며

수많은 사진들만 올려놓는다
그것을 소통이라고 한다

사람이 자신의 사진을 올리고 소통이라고 말하는 이유는?
누군가는 자신을 보고 있을 거라 믿는다
진짜, 사람들은 자신 아닌 다른 사람을 보고 있을까?


혼자만의 사진은 추억이 아니다
기억도 아니다
기록이다

사람은 기록하는 것이 아니라
기억하는 것이다

공허한 소통은 이제 그만!

_____ 고약하다

심정이란
마음에 품은 생각과 감정이 심정이다
심정으로 삐뚤어진 사람을 만날 때면 우린 상처를 받는다
심정에 상처를 내면서 남을 삐뚤어지라고 생채기를 내고
자신처럼 삐뚤어졌는지 확인하고 상대의 화를 먹고 산다
아주 고약한 심정을 가진 사람들!

그들의 핑계는 너무나 많다
남들이 그래서 그랬다 하고
욕심나서 그랬다 하고
욕망 때문에 그랬다 하고
어쩔 수 없어서 그랬다 한다
그중에 제일 나쁜 건 그냥 해봤다는 거다
사람을 괴롭히면 어떤 모습인지 보려고 했다는 이도 있다
다 심정이 망가진 영혼들이다

그들은 서로서로 상처를 주며 마음 지옥을 만든다

시간의 두려움 속에 빠진다

심정이 망가진 사람은 소시오패스라는 병을 가지고 있다

그들은 혼자만의 충동이 아닌 남들에게 충동을 불러일으키며

혼란스러운 사람들을 만들어 간다

자신들도 상처받으면서

고약한 심정을 버리지 못하고 엉망진창 관계를 맺는다


사쿤은 영혼이 망가진 사람들을 볼 때면

상처받는 사람들을 위해 그들을 격려하고 싶다

그러면서도 망가진 영혼으로 슬퍼하는 그들도 가엽다

이유 없이 왕따를 만들기도 하고

비겁한 자신을 감추기 위해 남을 괴롭히고

상처받은 걸 다른 사람한테 화풀이하고

꼬여 가는 인간들의 심정을 치유해 주고 싶다, 사쿤은!

그만 아파하라고

아픈 걸 아픔으로 주지 말라고

스스로의 심정만 잘 챙기면 상처가 파장처럼 퍼지지 않을 거라고

고약한 심정을 잡고 있으라고

긁힌 자국만 남고 다 나을 거라고

사람이 사람이어서 아름답다는 걸!

사쿤은 알려 주고 싶다



지푸라기라도 잡으라는 말이 있다

잡아라, 스스로를 잡아라

마음의 노예가 되어 자신에게 상처를 주는 것이다

상처는 누가 주는 게 아니다

스스로 상처라고 할 때 상처다

남들이 준 나쁜 것들을 상처로 담지 말고,
시원하게 버리고,
자신이 자신을 치유하라
마음이 고약해지지 않게 단단히 잡아라

## _____ 변화(부제: 때문에)

변화란 도전이다
자신을 변신시켜 다른 형상이 되는 것이 아닌
형태로 변화하여 새로운 모습과 색다른 자신을 만나는 것이다

언젠가 말하려고 했다
그가 변한 것이 날 위해서인지?

그는 아침형 인간으로 변화했고
그는 도전을 꿈꾸는 변화를 했고
그는 선택의 새로움으로 변화했고
그는 즐기는 법을 알기 위해 노력했다

그런데 그의 변화가 그녀를 위한 거란다
그녀를 위한 희생이라고 한다

그녀는 갸우뚱한다

그의 멋진 모습이 그녀는 좋았고
그가 동경의 대상이 되어 그녀와 있는 것이 그녀는 행복했다
그로 인한 그녀의 변화가 그녀는 행복했다

그런데 그 변화가 그녀를 위한 거라니?
그녀는 혼란스러움을 느낀다
그가 변화한 모든 것이 동경이었는데…
그가 변해 새로워질 때마다 그가 주는 기쁨을 만끽했는데
그는 그녀를 위한 희생이었다고…
자신을 잃었다 했다

발전한 자신을 희생이라고…

긍정적인 자신을 만든 그가…
그녀를 위한 희생?

그녀는 그로 인해 새로운 시간과 새로운 세상을 만났는데 그는 그것이 희생이란다
결혼은 희생?

결혼은 사랑으로, 한 사람이 변화하여 세상을 바꾸는 작업이라고 사쿤은 말해 준다
사람은 혼자 사는 게 아니라 같이 사는 이유를 아는 고등동물이라고…

그녀에게 그가 변해서 좋았고
그는 그녀가 변해서 좋았고
세상이 변해서 좋았다고 말해 준다

서로가 서로에게 영향을 주어 변하는 것은 희생이 아니라 미래라고 말해 준다

사쿤은 사람이 사람과 산다는 것에 희망이 있다고
사람은 사람 안에 있는 희망을 볼 줄 안다고
사람의 희망이 소원이라고 믿는다


세상 속에서 흘러가는 대로 자신을 흘려보내는 사람은 노예다
주인이 되어라!
세상을 이끌어 가기 위해 자신을 만들어라

세상이라는 시간은 되돌릴 수 없으니!
자신의 시간에서 "해 둘걸…", "할걸…" 같은 말은 안 하게 만들어라

작지만 큰 변화를 만들어 준다

# _____ 스승

벼랑 끝에 서 있는 사람을 보고 사쿤은 구경하듯 서 있다
벼랑 끝에서 사람이 뭘 하려는지 모르기에 구경하듯 보고 있다
사쿤은 사람들이 위험한 장난을 좋아한다고 생각하기에
위험한 장난을 하려고 서 있다고 생각한다
오만한 인간들의 모습에서
자신을 보지 않는 인간들의 모습에서
사쿤은 늘 벼랑 끝에 선 사람들을 본다

사람이 사람답게 살기 위해 깨달음을 가져야 한다고 사쿤은 생각한다
깨달음을 줄 사람을 사쿤은 찾는다

사람을 사람으로 살 수 있게!
스스로 잘 서 있는 사람을 찾는 게!
행동을 행동답게 하는 사람을 찾는다는 게!
사쿤의 바람이다

사쿤은 사람들에게 스승이 있기를 바란다
스승이 있다면 스승의 말과 행동을 배우면서
벼랑 끝에서 벗어날 것이라고
사쿤은 생각한다

단단히 스스로 서 있는 존재를 스승으로
맞이할 수 있게 사쿤은 사람들 사이에서 사람을 찾는다
스승은 또한 사람이니까!

배움은 사람만이 할 수 있다
배움을 나누는 사람이 스승이다
배움을 전달한 사람이 스승이다
배움으로 새로운 세상을 보여 주는 존재도 스승이다

사쿤은 변신을 한다

스승으로…

사람을 위해…

사람들의 소원을 들어 준다




배움은 인간의 특권이다

우주가 주는 희망이다

사람이 희망이다

사람다움을 가르쳐 주는 사람이 스승이다

# _____ 스스로 답을 찾는 것

그래도…
그래도 노력하려고 한다

찾을 수 있는 것이 있다고…
찾아질 수 있는 것이 있다고…
찾을 수 있는 것이 와 있을 거라고…
운명처럼 찾을 수 있다고 믿는다

어리석은 인간은 현명할 때도 있다
자신을 찾는 노력을 할 때
자신을 보려고 했을 때
몰랐던 답을 찾았을 때

선동을 외치는 사람들 속에 속하지도 않을 때
각자의 이익으로 만든 정당에 들어가지 않을 때

자신이 본 사실만 보려고 무던히 노력할 때

그렇게 사는 것이 스스로 답을 찾는 지름길이다
스스로 답을 찾는 나다!

자신만의 답과 자신만의 길을 가는 지름길이다
팽팽한 줄을 잡고 건너는 위험한 길도
굽이굽이 도는 오지의 길도
달리다 멈추고를 반복하는 길도
선택한 인생길을 믿으며 간다

그것이 스스로 찾는 답이다
남들의 경험에 취해 가는 것도 아닌
자신만의 경험을 쌓기 위해
스스로의 길을 선택하고

자신만의 길을 믿는다


자신을 믿는 자는 답을 안다
무엇을 할 것인지 찾는 자는 답을 안다
경험이 많은 자는 답을 안다


지혜로운 자는 행복을 안다
본질의 근본을 알고 인간의 삶을 알고
현명을 선택한다


비겁의 타협이 아닌
변명과 변화를 구분하는
삶의 질을 안다


하나가 둘이 되어 돌아오는 것은 곱셈이다

곱셈이 곱하기를 할 때 한 수보다 두 수를
두 수보다 세 수로 곱해 기하급수적으로 수를 늘리며 같은 답을 찾는다

그것이 사람의 답이고
스스로의 답이고
찾는 답이다


답은 공통된 분모와 같이 모이기를 바라고
진실의 힘을 믿고 같이 있기를 원한다

답을 찾고자 하는 마음만 먹으면
답은 진실 안으로 들어온다

스스로 답을 찾은 행복한 사람
용기 있는 자다

# _____ 통로

숨 쉬는 공간도 통로고
마음을 담는 곳도 통로고
생각을 굴리는 장소도 통로다
사람들 모두는 통로를 가지고 있고
통로 속에서 자신을 발전시킨다

길을 가기 위해 지나는 통로
방향을 정하기 위해 지나는 통로
선택한 곳을 가기 위해 지나는 통로
목적지에 도달하기 위해 지나는 통로
수많은 통로를 지나야만 자신의 길을 볼 수 있을 거다
인생길이니까!

사쿤은 사람들이 통로에 서서 꼼짝 못 하고 우는 소리를 듣는다
"여기는 왜 왔지?"

"누구를 따라 왔는데?"

"내 잘못은 아니야!"

사람들에 후회와 원망의 소리가 사쿤의 귀를 찢는다

자신들이 원하지도, 바라지도 않았는데

통로에서 이러지도 저러지도 못하고 있다고 소리 지른다


통로란 지나가는 길일 뿐인데…

시도해야 할 일이고, 길일 뿐인데…

다른 길을 가기 위한 길일 뿐인데…


두려워하고

불안해하고

힘겨워하고

버거워하고

겁먹어 한다

자신 없음을 스스로 절실히 느낀다

왜 그러는지 알 수가 없다, 사쿤은!

사쿤은 사람들의 시작을 이해할 수 없다

자신을 만나기 위한 통로에서 소리만 지르고 서 있고

시도하기 전에 두려움에 떨고 있는 것이…

가 보지도, 통로를 지나가기도 전에 겁먹는 이유를 모르겠다


아무것도 일어나지 않기를 바라는지!

어떤 것도 일어나면 안 되는 건지!

늘 새롭게 태어나고 시도하는 것이 살아 있는 건데…

두려움이라는 마음의 겁쟁이가 된다

통로를 통과하면 되는데…

스스로에게 용기를 주면 되는데…

자신이 자신을 믿으면 되는데…

할 수 있다는 것을 믿으면 되는데…

길은 있다

자신이 보지 못했고, 시도하지 않은 길이 있다

길을 가기 위해서는 통로를 찾아야 한다

수많은 반복과 연습으로 지나갈 통로를 찾아야 한다

통로를 지나면 자신이 가야 할 길이 보인다

비좁고, 힘든 통로를 지나면 밝은 빛이 내리비추는 길을 만나게 된다

# _____ 죽을 만큼 뛰어 보자

걷고 싶다

뛰고 싶다

날고 싶다

몸이 할 수 있는 자유를 만끽하고 싶다


어느 뇌성마비의 기도다

뇌성마비 아들을 둔 아버지는 아들과 함께 철인 삼종 경기를 하고 기적을 만들었다

중년의 아버지와 혼자 일어서 있을 수도 없는 뇌성마비 아들!

그들은 기적을 만들었다

삶을 다할 듯 달리고, 어두워진 밤을 달려 마지막 주자로 종착지에 도착한다

그들에게 박수를 쳐 주기 위해 많은 이들은 기다렸다

눈물의 박수, 아버지와 아들의 서로 나눈 성취감, 격려!

함께 있어 행복하다!

해냈다고!

장애로 극복한 그들은 기적을 만든 사람들이다

죽을 만큼 뛰어서…

세상의 모든 것을 포기할 것 같다는 거지, 포기할 것은 없다
스스로 포기라고 한 순간, 포기라는 추상어에 점령당한다

자신을 믿고 걷는 걸음처럼 걷는다면
연습된 걸음에서 뛰는 행동을 하고,
뛰는 연습도 익숙해지면
날아 볼 도구를 찾으면 된다
그렇게 자신을 도전의 길에 세우는 거다
자신과 살아 나갈 준비를 해야 한다

사쿤은 간절한 소원만 들을 수 있다
오늘 기도하고, 내일 기도하고, 매일매일 간절한 기도가 사쿤의 온몸을 흔든다
간절한 기도가 온 우주를 흔든다

죽을 만큼 뛰어 보는 걸로 우주가 움직이고
우주가 주는 행운을, 사군이 주는 마법을 받는다면
인생, 후회할 일은 없을 거다

죽을 만큼 뛴다는 것은 살아 있다는 증거다!




한 번은 해야 할 일
한 번쯤 해 보고 싶은 일
인생에서 꼭 했으면 하는 일
그런 걸 하고 산다면 후회는 없다

# _____ 도전

편지 한 통을 받았다
아프리카 오지에서 온 오래된 편지
아무도 뜯어보지 않은 관심 없는 편지

입사하고 100일쯤 지난 날, 그가 발견한 편지!
언제 떨어져 책상 밑에 숨었는지 모르는 편지!

어눌한 글씨로 알아보기 힘든 편지!
아이 글씨였다

삐뚤빼뚤 작은 종이를 가르듯 써진 편지!
내용은 동생이 굶고 있어 도와달라는 편지였다

아픈 동생에게 먹을 것이 있다면 자신과 놀 수 있을 거라며…
눈물 자국이 선명한 편지 때문에

그의 모든 시간은 멈춘 상태다


왜 그 편지를 그가 받게 되었는지?
왜 그는 편지로 세상을 보게 되었는지?


일 년 전에 그가 봉사활동을 하고 싶어
지원을 하고 노력을 했지만
부모의 반대로 모든 것을 내려놓고
입사한 회사에서 그가 만난 간절한 편지


그의 마음을 울리는 마음의 편지로…
그는 태어난 이유를 찾았다


사쿤은 그가 선택한 길이 가장 힘든 길이지만
그 길에 그가 자신을 찾는 희망의 길임을 말해 준다

세상이 원하는 삶이 자신과 맞지 않을 때 버리는 것이 현명한 거라고…
사람마다 살아가는 길이 다름을 인정하면 되는 거라고…

스스로 선택의 도전이고…
새로운 길이라고…


깨끗이 미련 없이 비워야 한다
무엇을 채울지 구상이 되어야 한다
욕심으로 붙잡고 있던 것에 쓸모없음을 깨닫고
심플한 자신을 가볍게 전진하는 거다

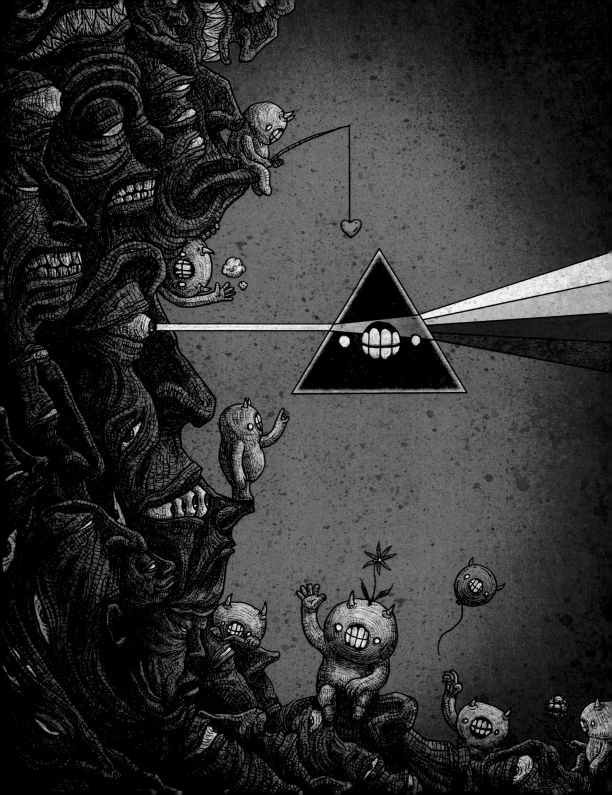

# _____ 보며 사는 것

본다는 것을 고민하는 사쿤

눈이 작은 사쿤은 인간처럼 본다는 것,

사람들이 본다는 하는 것에 고개를 갸우뚱한다

눈으로 본다는 것보다 이미지(형상)로 보고,

기억으로 보는 인간들의 눈을 이해할 수 없어서…

같은 사물을 사람마다 다르게 보는 사람들

각자 다른 판단으로 보는 사람들

무엇을 본 건지?

진실의 눈인지?

진심에 말인지?

전달에 언어가 그 뜻인지?

서로 다른 해석은 소통 없이 던진 언어들

세상, 보여 줄 것은 없다

보며 사는 것이다

그렇게 보며 사는 것이다

눈이 보는 진실을 보면서 사는 것이다
보이지 않는 것에 집착하고 본 것처럼 말하는 진심은 무엇일까?
자신도 믿지 않는 말들을 왜 하는 것일까?
왜 말이라는 것을 하는 걸까?

사쿤은 사람들의 마음에 의문을 품는다
그래서 물었다
왜 말을 하는지?
말은 어떤 의미인지?
그 말들은 진심인지?
누구도 나서서 사쿤의 물음에 답하지 않는다
아무도 진심을 말하지 않기에 답을 할 수 없다

사쿤은 자신이 보는 모든 것을 눈으로만 봐도 되는 것을
사람들은 눈으로 보지 않고 자신이 보고자 하는 대로 보고 진실을 왜곡한다
그래도 그들만의 세상은 돌아간다

삐.딱.하.게.
엉.터.리.로.
엉.켜.서.

참, 사람들은 어렵게 산다
진실만 보고, 보는 것을 믿으면 편해질 텐데…
보는 것이 힘이 드나 보다
볼 수 없는 눈과 보지 않는 마음으로 살고 있으니 힘든 시간을 반복한다
그러면서 늘 행복해지기를 꿈꾼다
그저 꿈만 꾼다
행복은 보며 사는 것인데…
볼 눈이 없으니 행복이 보이지 않는다
그래도 사쿤은 희망처럼 눈 뜬 사람을 기다린다

보는 대로 살면 행복하다
믿나요?

# _____ 온다는 것

흰빛이 오면서 햇살을 만들고
어디서 시작한 지 모르는 바람이 날리고
한 방울의 물로 생명의 시작을 알린다
모든 자연이 세상을 살피고 감싼다

지구라는 곳에 우주가 주는 선물을 우리는 받으며 산다
새 생명도
죽은 생명도
다르게 변화한 생명도
우주의 힘을 받아 새로운 것으로 바뀌어 간다

그중 인간이 가장 변화가 좋다
아이를 잉태하고
아이의 성장을 기록하고
마을을 만들고

도시를 만들고
세상을 탐험하고
새로운 것에 도전하며 살고
기억이라는 뇌도 가지고
많은 변화와 시대를 만든다


인간의 기록 중에 역사라는 것이 있다
인간은 기억이라는 기록을 역사로 전달하며 산다


장소가 사람을 만들고 변화시키며
사람이 시간을 기록하고 변화를 주도한다
인간에게 온 가장 큰 우주의 힘이다


인간은 동굴 벽에 자신들의 삶을 남겼고
작은 종이 뭉치에 삶을 기록했다

항상 또 다른 모습으로

다른 형태로의 기록은 멈추지 않는다

사쿤은 인간이 만든 영상이 좋다

이미지를 하나의 그림처럼 만들고 그 기록이 기억되는 이야기가 좋다


어떤 인간보다 오래 살았지만 늘 오늘만 산 사쿤은 기록이 없다

그래서 사쿤은 나이가 없다

성장하지도 발전하지도 않고 시간과 평행선을 달린다


인간은 참 위대하다

그들만의 방법으로 멋진 존재들을 만들며 산다

그래서 인간은 존재하나 보다


인간은 자신들의 존재를 곳곳에 기록한다

창조하는 것도

생산하는 것도

파괴하는 것도

그렇게 태어나고 죽음을 반복한 인간의 기록은 역사다

누가 누구를 죽이고

누가 누구를 태어나게 했고

모든 것이 자연의 일부였다

사쿤이 시도하지 않은 기록을

인간 스스로 자신을 보호하기 위해 만든 것이다

오늘 사쿤은 한 인간을 만났다

가장 위대한 만남이다


사람이 온다는 것은 어마어마한 일이다

한 사람의 일생이 오는 것이다

## _____ 고독

산다는 것은 혼자 숨 쉬는 시간이다
스스로 숨 쉬는 시간!
자신이 숨 쉰다는 걸 아는 시간!
깊은 숨과 짧은 숨 어떤 숨을 쉬는지 알아 가는 게 사는 거다

'휴~'
한 아이가 아파트 입구 계단 가장 자리에 앉아 있다
아파트 앞에 있는 놀이터를 보고 한숨을 쉰다
아주 길게 '휴~~~~'
좀 짧게 '휴~~~'
좀 더 짧게 '휴~~'
'휴~'
숨을 쉬는 게 힘들다는 듯이 멍하게 놀이터를 보면서 긴 숨과 짧은 숨을 내뱉는다

사쿤은 한참 동안 아이를 보다, 아이 옆에 가 앉는다

아이 옆에 앉은 사쿤은 아이가 몰아 쉬는 숨을 받아먹듯 아이 가까이
얼굴을 들이댄다
사쿤 얼굴이 가까이 오자 아이는 쉬던 숨을 멈추고 사쿤을 본다

사쿤은 아이의 눈물을 혀로 핥아 준다
아이가 따뜻한 사쿤의 마음을 느낀다
친구 없는 아이의 친구가 된 사쿤은 아이와 놀이터에서 시소를 타고,
그네도 타고, 정글짐에 누워 하늘을 보고 있다
사쿤과 아이는 아름다운 일 분을 만났다
같이 있다는 게 이렇게 행복한데…
같이 하는 것이 이렇게 좋은데…
같이 노는 게 이렇게 신나는데…

혼자만의 세상에 빠진 사람들은
혼자 밥 먹고

혼자 잠들고
혼자 놀고
혼자는 고독하다

나눌 수 있는 일 분을 만든다며…
사쿤은 사람들이 서로 마주 보는 장치를 해야겠다고 생각한다

단 일 분이라도 서로 보고 있을 수 있게…


사람이 채워 주는 건 혼자가 아니라는 고독감!
음식이 채워 주는 건 배부름의 만족감!
커피로 채워 주는 건 음미의 흥분제
초가 채워 주는 건 향의 안정감!
서로를 채워 주는 사람으로 살기!

# _____ 별사탕

아이의 새끼손톱 크기의 작은 별사탕
커다란 건빵 봉지를 뒤적거려야 나온 사탕은 네다섯 개!
별사탕 찾아 봉지 뒤지기!
행복한 사탕 봉지 속 여행!

과자 봉지 안에 먹고 싶은 걸 찾는 아이는 행복하다
아이가 좋아하는 것이 들어 있다는 사실만으로도 아이는 즐겁다
작은 손으로 봉지에 과자를 한 개씩 꺼내 먹으면서
아이는 즐거운 과자봉지 여행을 한다
그러다 손에 잡힌 별 사탕을 보물처럼 꺼내 눈으로 확인하고 환하게 웃는다
세상을 얻은 기쁨으로…
사탕은 단숨에 입에 들어가지 못한다
책상에 휴지를 깔고 고이 내려놓는다
그리곤 다시 과자 봉지 여행!
그렇게 찾은 별 사탕이 세 개일 때도, 기적 같은 다섯 개여도

찾는 재미에 빠진 아이!
다 모은 사탕에 행복한 아이!

한입에 털어 넣을 수 있는 것은 없다
조금씩, 조금씩 맛을 음미하며
하늘에 떠 있는 별사탕을 먹을 수 있다
원하는 희망을 소원하며서…
하나씩, 하나씩, 욕심 버리고…
입안에 넣고 행복을 즐긴다

사쿤은 사람들의 좋은 소원을 과자 봉지 별사탕처럼 찾는다
즐거움을 주는 소원 사탕을 찾아 세상 봉지를 뒤진다
좋은 소원이 나오면 사쿤은 행복해진다

좋은 것일수록 나누어 먹어야 한다

좋아하는 것일수록 천천히 시간을 가져야 한다

하늘의 별은 다 죽은 별의 빛이지만 우리에겐 영원하다

_____ 소화제

모든 건 내보내야 한다
소화를 시켜서…
먹은 것만큼…
소화를 시키고 살아야 한다

아무리 좋아하는 것도 소화시킬 만큼만 먹어야 한다
즐겁게 노는 것도 놀 수 있는 시간 만큼만 놀아야 한다
하고 싶었던 일이어도 욕심부리며 해서는 안 된다
좋아하는 사람도 무조건 따라 하며 닮아 가더라도 자신은 있어야 한다

먹고 싶은 음식이라고 사정없이 먹어대면
결국 체하고 맛나던 음식을 다 토해내게 된다
노는 것이 좋다고 시간도 정하지 않고 하루하루를 보내다 보면
지루함과 나태함에 빠지게 된다
해 보고 싶은 일이 있다는 것은 좋은 것이다

그 일을 하기 위해 노력하는 것도 좋은 것이다

좋아하는 사람이 좋다고 그 사람에 모든 걸 따라 하면,
그 사람만 존재하고 내가 없다면
그는 자신의 그림자를 보지 않을 거라는 걸 알아야 한다

현재 상태에서 자신이 할 수 있는 만큼
소화해 낼 만큼
천천히 노력해 가야 한다

무작정 좋다는 마음
무작정 먹겠다는 마음
무작정 될 거라는 마음
무작정 따라 하겠다는 마음
자신 아닌 자신으로 변해 가는 것이다

사쿤은 사람들이 형상만 키우고
그 안에 필요할 노력과 준비를 하지 않는 것이 안타깝다
배 속 가득 공기를 채우다 배가 터진 우화 속 개구리처럼 될까 봐 걱정된다

스스로 소화제가 된다면 좋겠지만…

울음이 우리의 시작이다
첫발이 우리의 시작이다
마음이 우리의 시작이다

사람마다 자라난 시간처럼
먹은 걸 소화되는 시간처럼
분해시키고 흡수될 때까지 기다려야 한다

# _____ 행운

총총 걸어가는 아이의 발걸음, 작은 걸음은 성장의 행운이고
나뭇가지 한 눈금의 새순은 가지에 매달릴 열매의 행운이고
사막 한가운데 홀로 낳는 낙타의 새끼는 초원의 행운이고
눈보라를 견디고 추위를 이겨 바람이 멈추는 순간
차가운 얼음물 속으로 들어가는 어린 펭귄은 남극의 행운이다

자연이 주는 행운을 우리는 늘 맞이하고 받아들이며 살고 있다
행운을 보며 행운을 안고 살면서도 우리는 행운을 느끼지 못한다
늘 행운을 바라니까!

사쿤은 행운을 주는 도깨비다
소원을 들어주는 도깨비다
사람들의 소원을 듣고 소원을 들어주기 위해 늘 귀를 열고 있다
소원이 간절해 사쿤의 마음에 종이 울릴 때 사쿤의 행운문이 열린다
하지만 가끔 그 행운이 힘겨운 것도 있다

소원하는 모든 것이 좋은 것이 아니라서…

사쿤의 뿔, 지혜가 발동하게 한다

사쿤 뿔, 지혜는 사람들의 진짜 마음을 알아내기 위해

소원한 모든 말들을 듣고 기억하고 분석한다

미운 마음이 앞선 사람 애증으로 소원을 빌고

무슨 마음인 줄 모르고 따라 하는 간절함

믿음으로 가장한 절실함 없는 거짓 마음

무의미한 선택인 줄 알면서 행운이 따라주기를 소원하고…


그 모든 것을 가르고 판단해야 하는 사쿤의 뿔!


지혜의 뿔은 머리와 마음이 따로 노는 소원이 어렵다

현명한 뿔은 지혜를 발휘하지만 가끔 실수를 한다

순간 간절한 사람에게 속게 된다

소원하는 반복된 주문에 지혜는 혼란을 겪고
뿔은 에너지를 잃고 소원을 들어주지만
그것은 또 다른 소원과 맞서고 혼란에 빠지는 사태를 초래한다

사쿤은 눈을 감는다
맞선 두 사람의 소원은 물거품처럼 사라진다

사람의 에너지가 서로 엉켜 소원을 소멸시키며 원망을 한다
서로가 빈 소원이 무서운 사건을 초래할 것을 마음에 그리지 않았기에
안 좋은 결과를 생각지 못한다

소원은 좋은 건데
좋은 소원보다는 이기적인 마음만 소원하고
들어준 것만 기억하고
빌었던 마음을 잃는다

소원이 무엇인지 잊고 행운을 바라고
잃은 자신을 찾지 못하고
또다시 소원을 빈다

사쿤은 행운을 인간 스스로 만들게 했다
자신이 원하는 소원을 자신이 만들어 가게 희망 열쇠를 주었다
연습이라는 희망의 열쇠를!
열쇠를 받은 인간들은 소원을 빌며 행운의 문을 열 것이다

사쿤이 바라는 소원은 사람이 소원을 이루는 것이다
사쿤은 소원을 들어줄 것이다
언제나 늘 간절하니까

절대 오만은 금물이다

늘 배우겠다는 자세

내면의 영감

모든 것에 어우러지는 감각

현실과 미래를 보는 눈

진실의 용기

새로운 길을 만드는 힘

누가 아닌 나로서 살기

우주의 행운을 믿는 심장

머리 여행의 연습

직감과 영감, 감각

삼박자를 익히면

행운을 보는 눈이 생긴다

## _____ 합병증

언제나 그랬다!

사람은 자신을 잃어버릴 때 비겁해진다

욕망에 자신을 잃고

욕심에 자신을 잃고

욕구에 자신을 잃고

잃은 자신을 찾기보다 변명하기에 급급하다

심장에 거짓말을 늘어놓고 합리화시킨다


합리화된 자신은 병에 걸린 사람처럼

수시로 자신의 얼굴을 보고 괜찮아질 거라고 최면을 건다

편하게 사는 방법이 남들이 사는 방법이 편한 것이라고!

그리곤 아픔에 못 이겨 술을 마시고

고통의 절규를 한다


그렇게 보내버린 시간이 세월이 되면 아팠던 통증마저 무뎌진다

삶 속에 자신을 잃었기에, 아무것도 즐겁지가 않다

누구도 즐겁게 해 주지 못한다

행복을 잃은 사람들은 화만 낸다

자신이 행복하지 않기에 사람들한테 화가나 점점 외로움으로 자신을 몰아넣는다

아픈 가슴이 독설을 만들고 푸른 시체로 변해간다


그래도 사람이라고 가끔 눈물과 후회를 반복하며 숨 쉴 수 없는 시간을 원망한다


사쿤은 사람들이 앓고 있는 병이 이상하다

스스로 고칠 수 있는데 고치지 못한다고

누군가를 기다리며 시간을 보내는 것이 이상하다


사람들이 이상하다

지적인 모습과 교양은 비겁함만 버리면 저절로 나온다

사쿤은 사람들이 걸리는 병을 세어 본다
가장 많이 걸리는 병도 찾아본다
사람만 걸리는 병도 알아본다
사람들이 병을 치유할 수 있다는 것에 감탄한다

감정 또한 자신의 것이다
인간들은 욕심 때문에 감정 조절이 안 된다고
욕심과 비겁이 합쳐졌을 때 문제를 일으킨다
합병증처럼

욕심도, 비겁도 단면으로 본다면…
합병증만 안 만들면…
잘 깨닫고 고치면…
고치며 살 수 있다

# _____ 희망

작은 소녀가 기도를 한다
간절한 기도를 희망을 안고 기도를 한다
세상에서 가장 긴 기도로 희망을 말한다

돌아올 아빠에게 길을 잃지 않고 찾아올 수 있게 빛을 달라고…
창문에 켠 촛불을 꼭 볼 수 있게 해달라고…
소녀가 커버려 숙녀가 되더라도 알아볼 수 있는 미소를 잊지 않게 해달라고…

그녀가 없더라도 꼭 돌아와 그녀를 기다려 달라고…
그녀도 그녀의 아빠처럼 잠시 그곳을 떠났을 뿐!
꼭 돌아와 서로 보며 웃을 거라고…

그것이 가장 행복한 거라고 말할 수 있게!
그가 있어 행복하다고…
그녀가 말할 기회를 달라고 소녀는 희망의 기도를 한다

매일 밤 그를 위한 기도를…

그녀를 위한 기도를…

기도의 희망은 가슴에서 커져 간다, 커다란 나무처럼!


그들의 기도가 가족이라고 사쿤은 생각한다

희망의 기도를 반복하는 사람이 가족이라고…!


희망을 아는 자는 세상을 볼 줄도 안다

# _____ 도시락

엄마가 싸 주는 도시락이 제일 맛있어!
난 엄마가 있어서 진짜 좋아!
소녀는 살아 있을 때 엄마한테 말하지 못한 말을 납골당 항아리 앞에서 한다

가슴이 메어 더듬더듬!

눈물을 닦아 가면서 한 달 동안 있었던 일들을 말한다
시간을 안고서…

소녀의 엄마는 바다 여행을 갔다
물에 잠긴 배에서 나오지 못했다
아무리 찾아도 찾지 못한 엄마이기에
소녀는 엄마가 배를 안 탔을 거라고 생각하고 기도했다
기면증 있는 엄마가 엉뚱한 곳에서 잠들어
타야 할 배를 안 탔을 거라고 믿고 싶었다

한 달쯤 엄마는 퉁퉁 불은 몸으로 건져졌다

기도했던 날들은 물거품과 같다

소녀에게는 기면증으로 잠든 엄마 때문에

일주일에 두 번 도시락 싸기도 어려웠지만

지금 와서 생각해 보니 일주일에 두 번이라도

도시락 싸 주는 엄마가 있었으면 좋겠다고 소녀는 마음으로 말한다

아침마다 아픈 엄마한테 화를 냈던 자신을 원망한다

"엄마도 아니야!"라고 했던 말을 후회한다

엄마가 주는 귀한 선물인데…

잠들면 못 일어날까 봐 밤새 싼 도시락을 성의 없이 들고 간 자신이 미웠다

배 타고 바다 구경하는 것이 소원이라고 해서 엄마를 할머니랑 구경 가시라고

태워준 배로, 엄마도 할머니도 돌아오지 않는 날을 소녀는 맞이했다

그리곤 아빠가 싸 주는 도시락에 감사한다

엄마에게처럼 투정부리다 고맙다는 말 못할까 봐

사쿤은 소녀 옆을 지키고 있다
소녀의 슬픔이 가실 때까지!
소녀가 더 클 때까지 소녀 옆에서


인생 도시락은 맛있어야 한다
자신이 선택하는 거니까

# _____ 존재감

안갯속을 헤매며 길을 찾는 것은 인간의 눈이 아닌 직감이다
망망대해에서 바다만 보고 길을 찾는 것은 나침반이다
오르고 내려가는 길을 반복하는 산에서 길을 찾는 것은 수평선이다


구름이 수평선을 갈라 주고, 기술이 바다를 보게 해 주고
자연을 읽는 직감이 인간의 도전이다


인간은 도전하며 산다


자신보다 커다란 파도와 싸우고 뚫을 수 없는 산을 뚫어 길을 만든다
우주를 상상만 하면서도 도전할 준비를 했고
이해할 수 없는 청사진으로 우주를 정복한다


인간의 이야기에는 우주에 배를 띄웠고
우주의 정거장을 만들어 도시를 만들었다

다른 우주에 생명을 찾았으며, 새로운 생물체와 교류하는 자신들을 그려 왔다

인간은 본능적으로
들은 적도 없는 생명체와 새로운 우주 도시를 만드는 꿈을 꾼다

인간은 스스로의 사실보다, 가상의 옷을 입는다
그렇게 허상덩어리인 인간은 존재감을 찾기 위해 싸운다
인간의 영상은 허상이나 도전에 꼭 필요한 증거물이다
그들이 만들고 그들이 상상한 도시가 존재하니까

위대한 도전은 계속되고, 발상의 시작은 끝이 없다

인간들이 그림으로 이미지로 전달했던 형상들은
공상 아닌 현실로 존재하기 때문이다

위대한 인간

존엄한 인간

우주를 아는 인간


이들이 정복한 것은 우주가 아니라 자신의 꿈에 도전했고, 정복했다




시간은 인간의 것이다

시간은 반복된 인간의 힘으로 정복된 것이다

인간이 자신의 존재감을 남기기 위해 만든 것은 인간만이 소유한다

우주에 도전하는 생명은 인간뿐이다

존재감이란 끝없는 도전이다

# _____ 모습

점점 커지는 것
나날이 달라지는 것
매일매일 변하는 것
때때로 알 수 없는 것
자꾸 이상해지는 것
어떤 것일까?

자연은 계절 속에서 커지고
사람은 성장하면서 달라지고
마음은 변화하면서 이해할 수 없는 판단을 하고
알 수 없는 결정을 내린다

지금 모습이 다일까?
현재 보고 있는 존재가 다일까?

사쿤은 인간의 모습을 보며 자연의 변화만큼 무섭게 달라지는 것을 보았다

인간이 산다는 삶의 다름을 인간은 알고 가는지?

알아 간다는 것에 의미를 두는지?

그들은 모습에 집착하면서 자신의 모습을 보고 있는지?

사쿤은 인간과 사는 것에 대한 의미에 대해 고민하게 되었다


인간의 삶은 어떤 의미인지 사쿤은 긴 생각에 빠진다

아이로서, 젊은이로서, 노인으로서

삶의 의미를 찾는 것인지?

태어나기를 잘한 것인지?

젊음이라는 힘을 믿는 것인지?

늙음이라는 시간을 즐기는 것인지?


어떤 것이 인간의 삶인지?

사쿤으로는 볼 수 없는 회오리처럼 한순간 같은데…

죽을 것 같이 달리는 사람

순간순간 다른 사람

매일매일 변화하는 사람

때때로 알 수 없는 행동을 하는 사람

자꾸자꾸 이해할 수 없는 마음들

그들은 행복하다고, 즐겁다고, 괜찮다고들 한다


그들은 자신을 보지 않고 상대를 미워하면서 늙고

다른 것에 대해 힘들어하며 늙는다

사쿤은 복잡한 인간의 삶을 보는 것이 어렵다


인간의 삶을 이해하고 싶어

가장 지혜롭다는 인간을 찾아갔다


그가 말해 준다

인간의 늙음의 의미를…

늙는다는 것은 모습이야
어떤 모습으로 남겨질 것인가가 가장 중요해
하루하루가 남겨지는 거야
접을 날이 더 많고 기다려 주는 시간이 없다는 것이니까

# _____ 질문과 답

개미들처럼 줄지어 산을 오르는 사람들
물소 떼처럼 바다에 풀어진 사람들
자연을 점령하고자 계곡 여기저기에 텐트 친 사람들
낯선 사람들이 한 장소에 모여
비집고 들어가 서로 좋은 자리를 먼저 잡으려 애를 쓴다


휴가란다


쉬러 왔다면서
휴식하려고 왔다면서
집보다 더 많은 사람들 속에 있다


텔레비전 소리보다 더 많은 목소리 채널에 신경 쓰며


휴식이란다

사쿤은 사람들이 스스로에게 질문하는지 궁금했다
스스로에게 한 질문에 답을 찾고 있는지 궁금했다
자신을 위해 휴가를 왔는데…
자신도 모르는 낯선 장소와 모르는 사람들
알 수 없는 소음들 속에 휴식이란다

무엇을 찾는 것도 아닌데
산에서, 바다에서, 계곡에서
낯선 사람들의 발만 보고 있다

자신의 휴식으로 새로운 에너지를 얻는다고 하는데
사람들과 부딪치는 도시를 떠나
자신만의 시간을 갖겠다는 그들은
낯선 곳을 헤매는 것이 진짜 휴가일까?
자신에게 주는 휴식일까?

사쿤은 북적거리는 사람들 속에
진짜로 휴식을 즐기는 사람들이 있는지 찾고자 둘러본다

남의 발만 보고 정상에 올라가는 사람들
한눈에 보이는 산 정경에서
산 아래를 내려다보는 사람
자신의 차가 어디에 있다고 알려주는 사람
산에서는 술에 취하지 않는다며
내려오는 길에 술을 마시는 사람
공기가 좋아 술이 안 취한단다

산에서 자신을 보는 시간은 언제라는 건지?
스스로를 보기 위해 산을 오르는 것이 아닌가?

바다 모래사장을 벗 삼아 누워, 하늘을 안고 선탠이라는 것을 한다
모래사장 자리를 남보다 더 차지하기 위해
돗자리 세 개씩 깔아도, 결국 누운 자리는 한 평
돗자리마다 짐을 놓고 바다로 들어가 버린다
해가 지도록 바다에 있다
해가 지면 돗자리를 걷고 사라진다
매일매일 돗자리 선점을 한다
휴가 내내!

계곡 여기저기에 처진 텐트들
산의 물길마다 텐트로 산은 형형색색이다
단풍든 산처럼

평평한 자리 하나 없는 구석구석에
텐트를 치고 앉아 계곡물을 왔다, 갔다

누구의 목욕물에 몸을 담그기 싫은지
점점 좁아지는 계곡 꼭대기를 오르고 또 오르고
돌투성이 자리에 텐트를 치고
좋다고 힘겹게 내려다본다

그리곤 다 먹지 못할 것 같은 음식들을 펼치고
발만 물에 퐁당

아무리 봐도 사람들의 휴가가 이해할 수 없는 사쿤은
사람들이 말하는 휴가가 왜 이런 건지 묻기로 했다

산을 오른 아저씨 대답은
그저 산이 좋아 오르는 것이라 했고
모래사장에 돗자리 선점을 왜 하냐고 물으니
바다를 더 많이 보기 위해서라 했다

계곡에 발 담그기 위해 꼭대기까지 오르는 이유는
남들보다 더 시원한 물을 찾기 위해서라고 했다

모두가 괴변이다
사람들은 자신이 뭘하고 있는지도 모른다

자신만의 질문과 답을 찾기 위해 휴가가 필요할 것이다
휴식이 필요한 것이다
남들처럼 가는 휴가가 아니고
남들처럼 하는 휴식이 아니라
자신을 찾는 연습 기행이다

세상이 사람들에게 주입한 질문들은 무의미하다

자신을 아는 사람만 할 수 있는 질문과 답을 찾아라!

그것이 시작이다

새로운 인생!

epilogue

/

/

/

/

/

/

# 여행의 점

사쿤은 인간들의 생각을 배운 적이 없었다

인간들을 바라보던 사쿤은

그들은 정말 이해할 수 없는 복잡하고 어렵고, 이상한 존재라고 생각했다

그래서 꿈틀거리는 이마의 뿔로 인간들을 관찰했고

사쿤은 점점 자신에 대해서 생각하길 시작했다

그리고 그들이 나와 같이 생각하지 않는다는 것을 알게 되었다

인간을 바라보며 회색 바위가 비에 검게 젖듯이

사쿤도 점점 인간의 모습에게 젖어 들음을 느꼈다

사쿤은 그것이 무서웠다

이제야 인간의 의미를 알기 시작했기 때문이다

사쿤은 아직 인간을 이해한다고 말할 순 없다

그것은 시간의 교차점에서 우연히 또 다른 나를 만났을 때 이야기할 수 있을 것이다

사쿤은 처음 여행을 떠났던 길에 서 있다
그리고 다시 여행을 떠난다
아직 못다한 생각은 길 위에 놓아둔 채
사쿤은 다시 시간의 틈으로 걸어 들어간다